Christine Biernath
Nicht mit mir!

AF204589

Christine Biernath

NICHT MIT MIR!

Roman

GULLIVER

Ebenfalls lieferbar:
»Nicht mit mir« im Unterricht PLUS
in der Reihe *Lesen – Verstehen – Lernen*
mit Kopiervorlagen auf drei Niveaustufen
ISBN 978-3-407-82417-2
Beltz Medien Service, Postfach 10 05 65, 69 445 Weinheim
Kostenloser Download unter
www.beltz.de/lehrer

»Nicht mit mir! In Einfacher Sprache«
ISBN 978-3-407-82409-7 Print
ISBN 978-3-407-82410-2 E-Book (EPUB)

Dieses Buch ist erhältlich als:
ISBN 978-3-407-74333-6 Print
ISBN 978-3-407-81338-1 E-Book (EPUB)

© 2012 Gulliver
Beltz Verlagsgruppe GmbH & Co. KG
Werderstraße 10, 69469 Weinheim
service@beltz.de
Alle Rechte vorbehalten
Die Beltz Verlagsgruppe behält sich die Nutzung ihrer Inhalte für
Text und Data Mining im Sinne von § 44b UrhG ausdrücklich vor.
Erstmals erschienen 2010 im Gabriel Verlag
(Thienemann-Esslinger Verlag GmbH), Stuttgart/Wien
Neue Rechtschreibung
Einbandgestaltung: Cornelia Niere, München
Druck und Bindung: Beltz Grafische Betriebe, Bad Langensalza
Beltz Grafische Betriebe ist ein Unternehmen mit
finanziellem Klimabeitrag (ID 15985-2104-1001).
Printed in Germany
15 16 17   27 26 25

Weitere Informationen zu unseren Autor:innen und Titeln
finden Sie unter: www.beltz.de

Sonntag, 19. April

NADJA

Sie sieht aus dem Fenster in die hereinbrechende Dämmerung. So ist es am einfachsten, die Kartons und Kisten zu ignorieren, die noch immer darauf warten, ausgepackt zu werden. Der Garten hat etwas Verwunschenes, Märchenhaftes, nicht zuletzt wegen der mannshohen Buchenhecke, die ihn umgibt. Sobald die richtig grün ist, kann man sicher auf der Terrasse hüllenlos sonnenbaden, ohne dass die Nachbarn etwas mitbekommen.

Ellies Stimme plätschert fröhlich durch die Leitung. Sie beneidet Nadja wegen des Umzugs, hätte auch gerne so einen kurzen Schulweg, ist neugierig auf das Haus und Nadjas Zimmer. Noch neugieriger ist sie allerdings auf Nadjas neue Klasse.

»Ich sehe morgen bloß wieder die üblichen Schnarchnasen«, sagt sie gerade. »Aber du ... du erlebst etwas.«

»Ich weiß nicht ...« Ihre Gefühle sind ziemlich zwiespältig, wenn sie an den nächsten Tag denkt.

»Bestimmt verliebt sich der coolste Typ der ganzen Klasse in dich.«

»Was?«

»Das ist doch immer so«, behauptet Ellie. »Kannst du überall nachlesen. – Ich wäre zu gerne mal die Neue. Stelle ich mir total aufregend vor.«

»Du liest zu viel«, sagt sie und muss plötzlich grinsen. Ellie hat es tatsächlich geschafft, dass sie sich fast ein wenig auf morgen freut.

LENNARD

Er klappt das Physikbuch und den Laptop zu, reibt sich die brennenden Augen. Eigentlich gut, dass hier die Internetverbindung so lahm ist. Da ist er gar nicht erst in Versuchung gekommen zu spielen oder zu surfen, sondern hat sich vollkommen aufs Lernen konzentriert. War auch höchste Zeit. Noch zwei Wochen und er hätte gar nichts mehr kapiert. So kriegt er vielleicht doch noch die Kurve.

Wieder einmal fragt er sich, warum er sich das angetan hat. Wer außer ihm ist so bescheuert und wechselt von der Realschule aufs Gymnasium? Umsonst war es außerdem. Sein Vater hat den Schulwechsel nicht mal richtig zur Kenntnis genommen.

Lennard lässt den Kopf auf die Arme sinken. Wenn er nur nicht so müde wäre! Er könnte jetzt glatt durchschlafen bis morgen früh. Aber wenigstens bleibt ihm heute die Zugfahrt erspart. In seinem Zustand würde er wahrscheinlich die Haltestelle verpennen.

Es klopft. Dana streckt den Kopf herein und säuselt: »Lenny, bist du fertig? – Ben möchte sicher rechtzeitig zurück sein, um die Kleine ins Bett zu bringen.«

Ben! Sein Vater heißt Bernhard! Und wahrscheinlich steht auch in Danas Geburtsurkunde irgendein total spießiger Name. Daniela oder so.

Wortlos schiebt Lennard seinen Laptop in den Rucksack und greift nach der riesigen Sporttasche, die schon bereitsteht.

Ein Gutes hat es immerhin, dass morgen die Schule wieder anfängt. Dann sieht er endlich Jenny wieder.

JENNIFER

CU ☺ verabschiedet sich ihr Gegner.

CU tippt sie. Kein Wunder, dass der *Predator* grinst. So leicht wie heute hat er noch nie gewonnen. Und das nur, weil sie ständig daran denken muss, dass morgen die Schule wieder anfängt und dass sie immer noch nicht weiß, wie sie sich verhalten soll. Bisher hat sie immer versucht, sich nicht allzu viele Gedanken über das zu machen, was in der Clique abläuft, hat sich gesagt, dass Lucky schließlich freiwillig den Clown spielt. Aber seit dem

Abschlussball schafft sie das irgendwie nicht mehr so gut.

Draußen bereiten ihr Vater und Freddy den Start der Grillsaison vor. Die Zunge zwischen die Zähne geklemmt schüttet ihr kleiner Bruder Kohlen in den Grill, hantiert konzentriert mit dem Anzünder, strahlt beim Anblick der ersten Flammen. Ein wenig später kommt ihre Mutter heraus und deckt den Tisch unterm Kirschbaum.

In Jennys Bauch rumort es. Seit Tagen schon. Vielleicht wird sie ja krank. Vielleicht kann sie ihre Mutter überzeugen, ihr eine Entschuldigung zu schreiben. Die mustert sie seit dem Abschlussball sowieso immer wieder ganz merkwürdig. So als ahnte sie etwas. Aber das ist natürlich unmöglich.

Jetzt sieht ihr Vater zum Fenster hoch und ruft: »Essen ist fertig!«

Freddy hält stolz mit der Grillzange ein Steak in die Höhe. Ihre Mutter verteilt Salat in kleine Schalen. Es fehlt nur noch ein Kamerateam, um diese glückliche Familie für die Werbung festzuhalten.

Wenn sie nicht morgen endlich Lennard wiedersehen würde, wäre das alles unerträglich.

LUKAS

Nicht daran denken.

Auf das Spiel konzentrieren.

Ob sie ...?

Nein! Nicht daran denken! Konzentrieren!

Die Fans auf den Rängen toben, und er spürt, wie sich in seinen Achselhöhlen Schweiß sammelt. Dabei ist ihm die Meisterschaft fast sicher. *MaraDonna* hat die ganzen Ferien so schlecht gespielt wie noch nie.

Anpfiff.

Er bekommt den Ball und legt einen eindrucksvollen Alleingang hin. 1:0! Sein Puls beruhigt sich ein wenig.

Vielleicht haben sie die Videos ja gar nicht online gestellt.

Klar, sagt eine Stimme in seinem Hinterkopf. *Und die Erde ist eine Scheibe.*

Nicht daran denken! Weiterspielen! Seine Finger hämmern auf den Controller ein.

2:0!

Jetzt scheint *MaraDonna* endlich wach geworden zu sein. Ehe er sich's versieht, steht es nur noch 2:1. Er grinst. So macht die Sache schon eher Spaß!

Aber wenn er hier fertig ist, sollte er doch noch nach den Videos suchen. Um vorbereitet zu sein. Ein, zwei

Antworten parat zu haben. Damit ihn ihre Sprüche nicht ganz kalt erwischen.

MaraDonna ist schon wieder auf dem Weg zum Tor.

Er lässt seinen Abwehrspieler grätschen, doch zu spät. Es steht 2:2.

Besser, er konzentriert sich jetzt endlich!

Montag,
20. April

NADJA

»Entschuldige. Jetzt habe ich Zeit. Ich bringe dich schnell in deine Klasse.« Die Sekretärin kommt um den Tresen herum. Sie ist einen halben Kopf kleiner als Nadja und dünn wie eine Stabheuschrecke. Mit Mäuseschritten eilt sie vor ihr her durch das Schulhaus, trippelt die Stufen ins Kellergeschoss hinunter, bleibt dort vor einer Tür stehen. »Dieses Jahr ist es so schlimm wie noch nie«, erklärt sie. »Wir haben so viele Schüler, dass wir sogar hier unten Räume umfunktionieren mussten. Aber ich bin sicher, du wirst dich trotzdem wohlfühlen. Wir haben ein tolles Schulklima.«

Schon beim Betreten der Klasse begreift Nadja, dass dies keine allgemeingültige Aussage ist.

»Scheiße«, zischt eine der beiden Blondinen in der ersten Reihe, »Verstärkung fürs Rollkommando.«

Ihre Nachbarin beginnt zu kichern.

Während Nadja der Sekretärin zum Lehrerpult folgt, wandert das Kichern von Platz zu Platz, endet erst wie abgeschnitten in der letzten Reihe bei einer Elfe mit Schneewittchenteint.

»Guten Morgen. Du bist also Nadja«, sagt die Lehrerin und reicht ihr die Hand. »Thiel. Mathematik, Physik und Sport. Du siehst ja, dass dieser Raum aus allen Nähten platzt ...«

Die Blondinen in der ersten Reihe geben erstickte Laute von sich.

»... und nur noch neben Jennifer etwas frei ist. Wenn du dich also bitte dorthin setzen würdest.« Frau Thiel deutet auf den leeren Platz neben Schneewittchen.

Auf dem Weg dorthin muss Nadja an vier Typen vorbei, die sie fast mit den Augen ausziehen. Das heißt, eigentlich sind es nur drei, die sie anglotzen. Zwei Muskelmacker und ein rothaariges Mondgesicht. Der Vierte hat die studiogestählten Arme vor der Brust verschränkt und seinen Stuhl nach hinten gekippt. Er sieht aus, als würde er schlafen.

Das Mondgesicht neben ihm jedoch ist hellwach, rammt ihm den Ellbogen in die Seite und zischt: »Ey, was für Titten!«

Sie spürt ihr Herz bis in den Hals schlagen, fühlt, wie ihre Knie sich in Pudding verwandeln wollen und schafft es trotzdem stehen zu bleiben. Das Mondgesicht sieht aus, als würde es gleich anfangen zu geifern.

Wortlos starrt sie zurück. Einen Herzschlag lang. Zwei.

Das Mondgesicht nimmt einen ungesunden Rotton an.

Drei. Vier.

Die Tür des Klassenzimmers fällt hinter der Sekretärin ins Schloss.

Fünf. Sechs.

Jetzt verfärbt sich auch der Typ neben dem Mondgesicht.

»Wärst du wohl so freundlich, deinen Platz einzunehmen?«, ertönt da die Stimme der Lehrerin in ihrem Rücken. »Ich würde gerne mit dem Unterricht anfangen.«

Langsam, mit schwingenden Hüften setzt sie ihren Weg fort. Ihre Nackenmuskeln fühlen sich an wie Stahlseile, als sie sich neben Schneewittchen niederlässt.

Sie dreht den Schlüssel im Schloss und will die Haustür aufschieben, doch die blockiert schon nach wenigen Zentimetern.

Mist! Sie quetscht sich durch den schmalen Spalt. Als sie die Tür schließt, poltert ein Karton zu Boden und streift ihr Schienbein. Tränen schießen ihr in die Augen. Wütend blinzelt sie, schiebt den Karton zurück an die Wand, lässt Rucksack und Jacke darauf fallen.

»Mam?«

Keine Antwort.

Sicher hat diese unfähige Helferin, über die ihre Mutter schimpft, seit sie die Praxis übernommen hat, wieder ein paar Termine verschusselt.

Das Licht am Anrufbeantworter blinkt und sie drückt zwei Knöpfe, um das Band abzuhören.

»Nadja? - Bist du schon da? – Ich schaff's heute Mittag nicht. – Aber heute Abend bin ich auf jeden Fall pünktlich. Dann machen wir endlich dein Zimmer fertig. Versprochen!«

»Esther?« Knack. » … hab versucht … Praxis …« Rauschen. »Komme erst …« Die Leitung bricht zusammen.

Sie seufzt. Sicher wollte ihr Vater Bescheid geben, dass das aktuelle Projekt sich verzögert. Das passiert bei fast jedem seiner Auslandseinsätze, doch diesmal ist es besonders ärgerlich, weil sie dringend ein paar kräftige Arme bräuchten, um Kartons zu schleppen und Möbel zu rücken.

Noch immer blinkt das rote Licht und dann ertönt Ellies Stimme: »He, wie war's? Ruf mich an, ja? – Ich platze vor Neugier!«

Sie greift nach dem Telefon, stellt es aber sofort wieder zurück. Wenn sie Ellie jetzt anruft, wird sie wahrscheinlich losheulen, und sie ist nicht sicher, ob sie dann jemals wieder aufhören kann. Erst einmal braucht sie eine Stärkung.

Auch in der Küche herrscht Chaos, scheinen Kisten und Kartons ein Eigenleben zu entwickeln. Doch auf dem Tisch steht bereits eine Schale mit frischem Obst und Nadja nimmt sich eine Banane und einen Apfel, bevor sie in ihrem Zimmer den Computer hochfährt.

Ellie ist bereits online.

Wo steckst du? Warum rufst du nicht an?? Ich muss doch wissen, wie es dir geht!!!

Nadja zögert kurz, dann tippt sie: *Beschissen.*

Echt?? Was ist los???

...

Sag schon!!

Lauter Magermilch-Models ...

Jetzt übertreibst du mal wieder!

Tu ich gar nicht! Ich sitze neben einer Elfe, die mich aussehen lässt wie eine Elefantenkuh!

Quatsch!

Kein Quatsch!

Vielleicht hättest du doch bei uns bleiben sollen?

Sieht fast so aus.

Rufst du mich an, oder soll ich?

Bin schon unterwegs ...

LUKAS

He, Alter, was geht?

Er versucht sich auf die Französisch-Grammatik zu konzentrieren.

Schläfst du, oder was?

Er sagte, dass er kommen würde. Il disait, que ... Verdammte indirekte Rede!

Lust auf Fußball?

Muss Franz lernen.

Streber!

Lennard hat leicht reden! Der kommt immer durch. Hat keine Ahnung, wie es ist, wenn man einfach nicht kapiert, wann wo welche Zeit eingesetzt werden muss.

Nur 'ne Stunde! Mach schon! Frische Luft ist gut fürs Gehirn!

Wer kommt noch?

Dominik. Julian. Du. Ich.

Weiß nicht ... Meine Mutter ...

Bin in zehn Minuten bei dir. Lennard ist offline, bevor er protestieren kann. Jetzt muss er schnell sein. Muss raus, bevor Lennard kommt und klingelt, denn seine Mutter ist der Meinung, dass man vor einer Schulaufgabe an den Schreibtisch gehört, nicht auf den Fußballplatz.

Irgendwo unten kreischt eine Flöte, dazu scheppert ein Xylofon, übertönt fast die leisen Gitarrenakkorde.

Prima! Wenn seine Mutter mit den Zwergen Hausmusik macht, ist es nicht schwer, sich unbemerkt zu verdrücken. Nur auf seine Fußballschuhe muss er wohl verzichten. Die aus dem Keller zu holen, wäre zu riskant.

Er schleicht auf Strümpfen die Treppe hinunter. Vorsichtig öffnet er die Haustür, zieht sie leise hinter sich zu. Gerade als er in seine Turnschuhe schlüpft, kommt Lennard angeradelt und bremst scharf.

»Wo ist dein Rad?«, will er wissen.

»Kann ich nicht holen, sonst checkt meine Mutter, dass ich abhaue.«

»Verstehe.« Lennard grinst und fährt langsam neben ihm her.

Er vergräbt die Hände in den Taschen seines Kapuzenshirts und fällt in einen mühsamen Trott. Bis sie am Sportplatz sind, ist sein Sweatshirt unter den Armen durchgeschwitzt.

Julian und Dominik sitzen auf der niedrigen Betonmauer am Rand des Platzes und blättern in einer Zeitschrift.

»He, seht euch die mal an!« Dominik hält eine Doppelseite in die Höhe. »Der könnte unsere Neue glatt Konkurrenz machen, was?«

Lennard wirft einen gleichgültigen Blick auf das vollbusige Playmate des Monats, bevor er seine Fußballschuhe anzieht.

Er allerdings bekommt heiße Ohren und entlockt damit Julian ein gehässiges Lachen. »Wenn du schön *bittebitte* sagst, leiht Domi dir das Heft vielleicht.«

»Nicht nötig«, murmelt er.

Dominik schlägt den Playboy zu und stopft ihn in seinen Rucksack, bevor er den Ball von Lennards Gepäckträger holt. Er tippt ihn einige Male auf den Boden, hält ihn dann mit einem Fuß in der Luft. »Lust auf Hochball?«, fragt er.

»Klar.« Lennard richtet sich auf. »Mit Arschbolzen?«

»Logisch!« Julian lacht schon wieder. »Fatso geht ins Tor.«

Er öffnet den Mund, doch es kommt kein Ton heraus.

»Kriegst auch zwei Leben extra«, sagt Lennard großzügig.

Langsam setzt er sich in Bewegung. Als er das Tor fast erreicht hat, spürt er einen harten Schlag im Rücken und der Ball kullert an ihm vorbei ins Netz.

»Ein Leben ist weg, Fatso!«

»Gezählt wird erst, wenn ich im Tor stehe«, sagt er und wundert sich, dass seine Stimme ihn nicht im Stich lässt.

»Stimmt!«, bestätigt Dominik. »So leicht kannst du es dir nicht machen, Jul! - Ab jetzt wird gezählt!« Er kickt den Ball in die Luft, Lennard nimmt ihn an und versenkt ihn mit einem Fallrückzieher im Tor.

»Fallrückzieher gibt zwei Punkte!«, johlt er und stößt die Faust in die Luft.

Es dauert keine zwanzig Minuten, dann ist die Runde vorbei.

»In Position, Fatso!« Julian legt sich liebevoll den Ball zurecht.

»Das ist zu nah!«, protestiert er schwach.

»Sollen wir vielleicht deine Mami holen, damit sie dir die Hand hält?« Grinsend kickt Julian den Ball einen Meter weiter.

Lukas legt die Hände auf die Knie und geht in die Hocke.

»Arsch höher!«, verlangt Dominik.

Er gehorcht.

»Aaaachtung!«

Der Ball zischt an seinem Kopf vorbei.

»Scheiße!«, brüllt Julian und die beiden anderen grölen vor Lachen.

»Ich zeig dir, wie man das richtig macht.« Lennard holt den Ball und er hält unwillkürlich die Luft an. Für einen Augenblick herrscht erwartungsvolle Stille, dann trifft ihn das Leder mit derartiger Wucht auf den Hintern, dass er vornüber fällt.

JENNIFER

Hat sie sich das alles nur eingebildet? Ist sie die Einzige, die überhaupt noch daran denkt? Lucky jedenfalls hat getan, als sei nichts passiert, und den ganzen Tag einen miesen Tittenwitz nach dem anderen gerissen. Einfach ekelhaft!

Michelle und Sabrina haben bloß über die Shopping-Touren geredet, die sie während der Ferien gemacht haben. Und natürlich über die fette Neue.

Warum ist die eigentlich mitten im Schuljahr noch aufgenommen worden? Wo sie doch sowieso schon kaum Platz haben in diesem Kellerraum!

Sie fühlt sich richtiggehend unsichtbar, seit dieses Riesenweib neben ihr sitzt. Aber noch viel schlimmer ist, dass der Monsterbalkon von dieser Nadja ihr total die Sicht auf Lennard versperrt.

Ob der auf große Busen steht? Tun ja angeblich alle Jungs.

Sie stellt sich vor die Spiegeltür ihres Kleiderschranks, dreht sich einmal um sich selbst. Eigentlich ist sie ja ganz zufrieden mit ihrem Aussehen, auch wenn sie gern zehn Zentimeter größer wäre. Ihr Po ist okay. Um den beneidet sogar Sabrina sie. Aber ihr Busen ist eine Katastrophe.

Klein. Winzig. Nicht-existent, wenn man es genau nimmt.

Andererseits muss doch ein großer Busen beim Sport total stören. Wenn sie sich vorstellt, sie sollte über den Platz rennen und ... Nee. Unmöglich!

Lennard scheint das ja okay zu finden. Andererseits hat auch er der Neuen heute Morgen ganz offensichtlich auf den Busen geglotzt.

»Was machst du da?«

»Mensch, Freddy, klopf gefälligst an!«

»Aber Papa hat gesagt ...«

»Ganz egal, was Papa sagt! Gewöhn dir endlich ab, hier einfach reinzustürmen. Oder soll ich dir das auf die Stirn tätowieren?«

»Da seh ich es doch gar nicht«, grinst Freddy. »Und außerdem hat Papa gesagt ...«

»... dass du anklopfen sollst!« Ihr Vater steht jetzt auch im Zimmer. »Er sollte dich bloß fragen, ob du Lust hast, mir heute das Training mit den Kleinen abzunehmen. Ich müsste nämlich dringend noch ein paar Telefonate erledigen.«

Sie runzelt die Stirn. Eigentlich wollte sie ... Ja was? Noch länger über große Busen nachdenken? Nein, da ist Fußballtraining für die Bambini bestimmt die bessere Idee.

»Okay«, sagt sie also.

Ihr Vater lächelt. »Prima. Ich warte in einer Viertelstunde am Auto auf euch«, sagt er und schiebt Freddy aus dem Zimmer.

LENNARD

Er will eben auf sein Rad steigen, als ein roter Van langsam auf den Parkplatz fährt. Die seitliche Schiebetür wird aufgerissen, noch ehe das Auto richtig steht. Wie eine Kanonenkugel schießt Jennifers kleiner Bruder heraus.

»Lenny!« Er rast auf ihn zu, bremst erst scharf ab, als ein Zusammenstoß beinahe unvermeidlich scheint. Erwartungsvoll streckt er seine kleine Hand aus.

»Na, erstes Training nach den Ferien?«, sagt er und klatscht den Kleinen ab. Freddy nickt begeistert, doch dann schiebt sich seine Unterlippe nach vorn.

»Mit Jenny. Papa muss noch arbeiten.« Plötzlich jedoch strahlt er von einem Ohr zum anderen. »Du könntest doch wieder mal mitmachen, Lenny.«

»Nur, wenn der Coach einverstanden ist.« Er lächelt Jenny entgegen, die mit zwei Ballnetzen auf ihn zuschlendert.

»Von wem sprichst du?«, will sie wissen.

»Rate.« Wie jedes Mal staunt er darüber, dass sie so haargenau in seine Umarmung passt. Und ihre Lippen schmecken nach ... Einfach nach Jenny wahrscheinlich.

»Geh schon mal das Wasser holen, Halbling«, sagt sie zu ihrem Bruder, und dann küsst sie ihn richtig. So, wie er sich das die ganzen Ferien gewünscht hat.

Ein greller Pfiff ertönt. »Wenn ihr so weitermacht, wird das Erregung öffentlichen Ärgernisses!« Dominik grinst und Julian mustert Jenny in ihren Trainingsshorts und Stutzen mit einem abschätzigen Blick. »Du bleibst wahrscheinlich noch, Len?«, fragt er.

»Erfasst.«

»Na dann bis morgen.« Die beiden schwingen sich auf ihre Räder, gerade als Lukas mit verdreckten Klamotten und knallrotem Gesicht angetrottet kommt.

Er spürt, wie Jenny zusammenzuckt, als sie Fatsos Zustand erfasst.

»Tschau«, murmelt der.

»Tschau. Bis morgen.«

Jenny sagt nichts, sondern macht sich los und greift nach dem Ballnetz.

»Soll ich schon was aufbauen, Lenny?« Frederick ist zurück und zappelt um sie herum.

»Du könntest die Hütchen aus dem Schuppen holen und aufstellen, oder Jenny?«

Die nickt, scheint aber mit ihren Gedanken ganz woanders zu sein. Und als er sie noch einmal küssen will, da macht sie sich einfach los und folgt ihrem kleinen Bruder zum Geräteschuppen.

Auf dem Heimweg weht ein kräftiger Wind, doch das stört ihn nicht. Im Gegenteil. Er schaltet noch einen Gang höher, fährt mit gleichmäßigen, wiegenden Bewegungen, auch als die Straße ansteigt.

Ganz kurz hatte er Angst, dass etwas passiert ist in den zwei Wochen, in denen er nicht da war. Dass Jenny plötzlich sagen würde, das mit ihnen, das sei doch nicht das Richtige.

Aber als die Kleinen nach und nach eintrudelten, war sie wieder so wie immer, rannte auf dem Platz hin und her, schien überall zugleich zu sein, schrie, lachte, feuerte an, lobte. Ihre Begeisterung ist so ansteckend, dass es ihm regelmäßig leid tut, mit dem Fußballspielen aufgehört zu haben. Das Training im Fitness-Studio ist nicht wirklich ein Ersatz dafür.

Er stellt sein Rad im Keller ab und reinigt unter dem Hahn in der Waschküche seine Fußballschuhe, bevor er mit dem Lift nach oben fährt.

Seine Mutter sitzt am Küchentisch und sieht ihm entgegen.

»Wo warst du?«

»Fußball spielen.«

»Es ist längst dunkel!«

»Ich war noch bei Jenny. Zum Lernen.«

»Du hast ein Handy. Krahebergers haben Telefon. Warum hast du nicht angerufen?«

»Tut mir leid.« Er streift seine Sneakers von den Füßen und zieht die feuchten Strümpfe aus.

»Es tut dir leid?«

»Klar. – Ich hab's einfach vergessen. Soll nicht wieder vorkommen.« Er zieht Trainingsjacke und T-Shirt aus, versenkt alles im Wäschekorb im Bad und geht in sein Zimmer. Seine Mutter folgt ihm.

»Ich muss mich schon den ganzen Tag von dieser Frau Doktor behandeln lassen wie ein Lehrmädchen. Da erwarte ich wenigstens zu Hause ein bisschen Respekt!«

»Mama«, sagt er. »Ich respektiere dich. Ich habe einfach vergessen anzurufen, weil ich mit Jenny Französisch gelernt habe. Wir schreiben doch am Donnerstag Schulaufgabe. Ihre Mutter hat uns die indirekte Rede noch mal erklärt. Die hätte ich sonst nie kapiert ...«

Seine Mutter wird plötzlich blass. »Fängst du jetzt auch noch damit an? Reibst du mir unter die Nase, dass ich zu blöd bin?« Ihre Stimme überschlägt sich fast.

»Mama ...«, Er will sie in den Arm nehmen, doch sie dreht sich auf dem Absatz um und verschwindet schluchzend in ihrem Schlafzimmer.

Dienstag,
21. April

NADJA

Sie zieht das T-Shirt an, schüttelt die Haare zurecht, sieht in den Spiegel und zieht das T-Shirt wieder aus. Das nächste. Sie dreht sich, betrachtet sich von vorn und im Profil, zieht den Bauch ein – und das T-Shirt wieder aus. Um ihre Füße breitet sich bereits ein ganzer Haufen farbenfroher Baumwolle aus.

In ihrer Verzweiflung zerrt sie einen verwaschenen schwarzen Pullover aus dem Schrank. Einen, den sie normalerweise nur noch zu Hause trägt, weil er ausgeleiert und viel zu groß ist.

»Fang mit so etwas gar nicht erst an.«

In der Zimmertür steht ihre Mutter und mustert sie mit einer tiefen Falte zwischen den Augenbrauen.

»Womit soll ich nicht anfangen?«

»Deinen Körper zu verstecken. Der ist, wie er ist. Schön und gesund und üppig. Es gibt keinen Grund, das zu verbergen.«

»Du hast gut reden.« Sie sinkt aufs Bett und schlägt die Hände vors Gesicht.

»Ich weiß genau, wovon ich rede«, sagt ihre Mutter und setzt sich neben sie. »Ich habe meinen Körper dreißig Jahre lang gehasst. Ich habe versucht, ihn auszuhungern, ihn mit Sport klein zu kriegen, mit Saunagürteln, Zitronensaftkuren und Wunderpulvern. – Es funktioniert nicht. Glaub mir. Das Einzige, was du dir damit einhandelst, ist eine massive Essstörung ...«

»... und von der kannst du auch ein Lied singen. Ich weiß ja, Mam.« Nadja hebt den Kopf. »Ich glaube, ich habe einen Fehler gemacht.«

»Was für einen Fehler?« Ihre Mutter streichelt ihr übers Haar.

»Es war blöd, die Schule zu wechseln. Mir hätte klar sein müssen, dass ich hier die Dicke mit den Riesentitten bin.«

Ihre Mutter lacht auf, schlägt aber sofort eine Hand vor den Mund und sagt zerknirscht: »Entschuldige.«

»Was ist daran so komisch?«

»Nichts. Ich weiß, dass solche Bemerkungen wehtun. Aber überleg doch mal, wie viele Frauen ein Vermögen für einen Busen wie deinen ausgeben würden.«

»Für den Busen vielleicht«, sagt sie bitter. »Den Rest würden sie absaugen lassen.«

»Meine arme Kleine.« Jetzt nimmt ihre Mutter sie in den Arm und drückt sie kräftig. »Solchen Menschen wirst du immer wieder begegnen. Aber möchtest du deinen Körper gegen so ein ... Mäuseskelett eintauschen?«

Wider Willen muss sie grinsen. »Nicht wirklich«, gibt sie zu.

»Dann schlage ich vor, dass du dieses grässliche Teil sofort im Altkleidersack versenkst und ...«, ihre Mutter fischt ein ziemlich tief ausgeschnittenes, wild gemustertes T-Shirt aus dem Haufen auf dem Boden, »... das hier anziehst. Dazu deine neuen Jeans und vielleicht die Ohrringe, die Ellie dir geschenkt hat? – Apropos Ellie: Was hältst du davon, wenn wir sie übers Wochenende einladen? Mir scheint, du brauchst ein bisschen Aufmunterung.«

»Aber du wolltest doch am Wochenende endlich das Wohnzimmer einräumen.«

»Dabei könnte Ellie uns ja ein bisschen helfen. Möbel rücken geht zu dritt sowieso viel leichter als zu zweit.«

»Danke, Mam!«

»Schon gut. Ich muss los, sonst bringt diese Frau Müller gleich am frühen Morgen wieder alles durcheinander. Lass dich nicht unterkriegen, hörst du?«

»Du dich auch nicht!« Sie zieht das T-Shirt an und zupft den Ausschnitt zurecht. »Zufrieden?«

»Zufrieden.« Ihre Mutter reckt einen Daumen in die Höhe und geht.

In der Nähe des Eingangs stehen die Blondinen aus der ersten Reihe mit den Muskelmackern zusammen. Der coole Penner hält Schneewittchen im Arm und das Mondgesicht tut, als würde es dazugehören. Sie alle sehen wie auf Kommando zu ihr herüber, als sie den Schulhof betritt. Mit Mühe kämpft sie ihren Fluchtreflex nieder, bläst sich eine verirrte Strähne aus der Stirn, reckt den Busen vor.

»Schon mal gehört, dass es Klamotten in Übergröße gibt?«

Sie bleibt stehen und mustert die Blondine von Kopf bis Fuß. »Hab ich«, sagt sie, »aber du scheinst noch nicht gehört zu haben, dass man jetzt Gehirne transplantieren kann. Lass dich doch mal auf die Warteliste setzen. Vielleicht kriegst du ja eines ab.« Sie hofft, dass niemand sieht, wie ihr das Herz im Hals schlägt, als sie davonstolziert.

JENNIFER

Die Neue hat Sabrina heute eine Gehirntransplantation vorgeschlagen! Wahnsinn! Ich ...

»Was schreibst du da?« Wie aus dem Nichts hat sich ihr kleiner Bruder neben dem Schreibtisch materialisiert und versucht, ihre Schrift zu entziffern.

»He! Wie oft soll ich dir noch sagen, dass du in meinem Zimmer nichts zu suchen hast?«, faucht sie und klappt das Tagebuch zu. Freddy schiebt beleidigt die Unterlippe vor. »Mama hat gesagt, ich soll ...«

»Und ich hab gesagt, dass du gefälligst anklopfen sollst!«

Pro forma macht ihr Bruder zwei Schritte rückwärts. »Bin schon weg! Ich sag Mama, dass du ...«

Was Freddy ihrer Mutter genau sagen will, hört sie nicht mehr, denn die Tür fällt mit einem Knall ins Schloss. Sie will gerade ihr Tagebuch erneut aufschlagen, da poppt eine Nachricht auf ihren Bildschirm.

Sabrina! Hoffentlich will die nicht irgendwas für heute Nachmittag ausmachen. Wenn sie mitkriegt, dass Training ist, darf sie sich wieder anhören, dass Fußballerinnen doch alle lesbisch sind und ähnlichen Mist.

Schau dir das mal an ☺!!!

Widerwillig klickt sie auf den Anhang und ihr Herz beginnt zu rasen wie verrückt.

Was sagst du zu meinem neuen Bildbearbeitungsprogramm?

Genial!, kommt es in diesem Moment von Michelle.
Die wird ihre große Klappe noch bereuen!

Jenny wird abwechselnd heiß und kalt, aber trotzdem kann sie den Blick nicht vom Bildschirm losreißen. Hört das denn nie auf? Warum müssen sie immer wieder ...?

Ein weißer, schwammiger Körper, offenbar nackt.

Schenkel wie Baumstämme. Eine Andeutung von Brüsten.

Und dazu Nadjas herausforderndes Lächeln.

LUKAS

Er kneift die Augen zu, kneift sich in den Arm, macht die Augen wieder auf, spürt, wie etwas sauer seine Kehle hochsteigt. Das Bild ist schlimm, aber die Kommentare sind fast noch schlimmer.

Ej, is ja widerlich!

Voll ekelhaft!

Wo habt ihr denn DIE Braut ausgegraben?!

Läuft die etwa frei rum?

Endlos geht das so weiter.

Aber ... eigentlich gilt das ja gar nicht ihm. Eigentlich gilt das der Neuen. Geht ihn nichts an. Gar nichts!

Wieder muss er schlucken.

Schwachsinn!

Jeder kennt das Originalbild. Jeder weiß, wer das wirklich ist. Und sobald das hier rumgeht, fallen ihnen mit Sicherheit auch die Videos vom Abschlussball wieder ein.

Er kann morgen unmöglich zur Schule gehen!

Er muss krank werden.

So krank, dass seine Mutter ihm eine Entschuldigung schreibt, obwohl am Donnerstag Französisch-

Schulaufgabe ist. Da reichen Übelkeit oder Kopfschmerzen nicht aus. Da braucht er Fieber. Mindestens. Irgendwo hat er mal gelesen, man könnte das künstlich hervorrufen. Er muss nur noch herausfinden, wie.

Seine Augen brennen, als er *Fieber künstlich* in die Suchmaschine tippt.

Am liebsten würde er einfach losheulen.

Mittwoch,
22. April

LUKAS

Er schwankt und muss sich am Waschbecken festhalten, damit er nicht umfällt. Aus dem Spiegel starren ihn glasige Augen aus einem schweißglänzenden Gesicht an.

Es hat funktioniert. Das heiße Bad. Die Seife. Die Zahnpasta.

Wenn ihm nur nicht so fürchterlich schlecht wäre! Sein Kopf fühlt sich an, als würde er jeden Augenblick explodieren. Sein Magen auch.

Aber er muss auf Nummer sicher gehen. Deswegen drückt er sich jetzt noch einmal eine kräftige Portion Zahnpasta in den Mund, würgt, schluckt trotzdem. Sein Magen will sich umstülpen.

Schnell ins Bett! Bevor er tatsächlich umkippt.

»Was ist denn mit dir los?« Seine Mutter, die gerade aus dem Zimmer der Zwerge kommt, mustert ihn entsetzt.

Er presst eine Hand vor den Mund und stolpert zurück ins Bad, fällt vor der Toilette auf die Knie und übergibt sich. Wieder und wieder. Selbst als sein Magen eigentlich längst leer sein muss, kann er nicht aufhören zu würgen. Zitternd bleibt er vor der Toilette hocken.

»Junge!« Seine Mutter ist ihm gefolgt, reicht ihm einen feuchten Waschlappen, legt prüfend eine Hand auf seine Stirn. »Du glühst ja! Geh zurück ins Bett. Schnell! Ich bringe dir einen Kamillentee, sobald die Kleinen frühstücken. – Was hast du dir da bloß eingefangen?«

»Keine Ahnung«, ächzt er, stemmt sich in die Höhe und spült sich am Waschbecken den Mund aus.

»Du wirst Französisch wohl nachschreiben müssen«, sagt seine Mutter und verlässt mit einem letzten besorgten Blick das Bad.

Er putzt sich die Zähne, muss wieder würgen, schleppt sich in sein Zimmer und verkriecht sich im Bett.

Für den Rest der Woche dürfte er gerettet sein.

LENNARD

Jenny hat sich an ihn gelehnt, seine Finger sind über ihrem Bauch verschränkt, sein Kinn ruht auf ihrem Scheitel. Er liebt diesen Duft nach Babyshampoo, den ihr Haar verströmt. Ewig könnte er so stehen, die Morgensonne im Gesicht, Jennys warmer Rücken an seinem Bauch, ihr Kopf an seiner Brust. Aber da kommt Sabrina angerauscht, mustert sie mit spöttischem Lächeln und sagt: »Was für ein Pech, dass du zum Abschlussball krank warst, Len. Ihr wärt so ein schönes Paar gewesen.«

Jenny zuckt zusammen. Bevor er sie fragen kann, was los ist, klappert Michelle auf hohen Absätzen heran.

»He! Was sagt ihr dazu?«, ruft sie schon von Weitem und Jenny drückt sich enger an ihn.

»Wozu?«

»Mensch, Len, das kannst du doch nicht verpasst haben!«

Erst jetzt bemerkt er Julian, der sich von der anderen Seite dem Fahrradunterstand genähert hat.

»Was soll ich verpasst haben?«

Julian lacht wiehernd, zückt sein Handy, muss nur kurz suchen. »Das da.«

Ein kurzer Blick aufs Display genügt, um ihn zurückzukatapultieren in den letzten Sommer. Er hat wieder den Geruch von Gras, Chlor und Sonnenöl in der Nase, spürt das feuchte Holz der Lattenroste unter seinen Füßen. Über die Trennwand der Umkleidekabinen hinweg hört er Lukas rufen: »Scheiße, meine Badeshorts sind zu klein geworden. Pfingsten haben die doch noch gepasst!«

»Bestimmt leiht dir der Bademeister was aus der

Fundkiste«, hat er gesagt und Lukas hat gejammert: »Nee, das ist eklig!«

Aber er hatte sich schon auf den Weg gemacht und kurz darauf eine knappe Badehose in Lukas' Kabine geworfen.

»Die nehme ich nicht!«, hatte der protestiert und sich dann doch umgezogen.

»Passt«, hatte Julian festgestellt, als er schließlich aus der Kabine kam.

»Ihr verarscht mich!«

»Nee.« Er musste sich Mühe geben, nicht laut herauszulachen. »Bisschen altmodisch vielleicht, aber das sieht im Wasser doch keiner.«

Die Mädchen waren schon auf der Liegewiese und Michelle kreischte sofort los: »Ihhhh! Fatso, spinnst du? Zieh dir was an!«

Er sieht Sabrina wieder vor sich, wie sie ihr Handy zückt, und er weiß noch genau, wie sich Lukas' Bauch anfühlte, als er zupackte, den gewaltigen Rettungsring aus Fett anhob und sagte: »Also, Mädels, was denkt ihr denn? Unser Fatso trägt selbstverständlich ein Höschen.«

Auch jetzt ist es Michelles schrille Stimme, die ihn mit den Worten »Hey, da ist sie!« wieder zurückholt.

Tatsächlich kommt die Neue mit ihrem wiegenden Schritt den Weg entlang. Als sie die Gruppe entdeckt, wirft sie den Kopf in den Nacken und die Sehnen an ihrem Hals treten deutlich hervor.

Jenny schüttelt sich plötzlich und befreit sich aus seiner Umarmung.

Er gibt Julian das Handy zurück.

»Das ist nicht fair«, sagt er.

»Fair?« Sabrinas Augenbrauen schießen in die Höhe. »War es etwa fair, mir eine Gehirntransplantation vorzuschlagen?«

»Das«, sagt er, »war witzig.«

Freitag,
24. April

NADJA

»Das reicht fürs Erste!« Ihre Mutter wischt sich mit dem Unterarm den Schweiß aus dem Gesicht und hinterlässt dabei eine staubgraue Spur auf ihrer Stirn. »Toll, dass du uns geholfen hast, Ellie! Jetzt sieht es hier doch langsam wie in einer Wohnung aus und nicht mehr wie in einer Höhle.«

Ellie grinst. »Ich hätte nicht gedacht, dass es so viel Spaß macht, Regale zusammenzuschrauben.«

»Du kannst dich hier gern weiter austoben«, versichert ihre Mutter, »aber ich muss jetzt etwas essen. Sollen wir beim Chinesen bestellen? Meine Patienten sagen, der sei richtig gut.«

»Oh ja!« Ellie strahlt. »Ich hätte am liebsten Schweinefleisch süß-sauer. Oder gebratene Nudeln.«

»Gib zu, dass du am liebsten beides hättest«, lacht sie und ihre Mutter sagt mit einem Blick auf Ellies fohlenhafte einsachtundsiebzig: »Frauen wie du sind es, die uns das Leben zur Hölle machen. Wer würde schon glauben, dass du für drei isst?«

»Ich kann doch nichts dafür, dass ich ständig Hunger habe!«, jammert Ellie und rollt mit den Augen. »Das tut mir viel mehr weh als euch!«

»Mir kommen die Tränen«, sagt sie. »Aber vorher hätte ich gern irgendwas mit Krabben.«

»Ist gut. Ich rufe euch, wenn das Essen da ist.« Ihre Mutter greift nach dem Telefon, während sie und Ellie sich in ihr Zimmer verziehen.

»Höchste Zeit, dass du mir alles über deine neue Klasse erzählst.« Die Freundin lässt sich aufs Bett fallen und sieht sie mit leuchtenden Augen an.

»Ein paar hohle Blondinen. Ein paar Muckibudenclowns ... Was soll ich da erzählen?«

»Das kann ja wohl nicht alles sein!« Ellie macht eine Schnute. »Zeig sie mir mal im Internet.«

Widerwillig setzt sie sich an den Rechner und fährt ihn hoch. »Eigentlich ist das Wochenende viel zu schade für die Typen«, murrt sie, als sie sich einloggt und anfängt herumzusuchen. »Das hier könnte dieser Lennard sein.« Sie ist auf einen Torso in einem engen weißen T-Shirt gestoßen, unter dem sich deutlich die Bauchmuskeln abzeichnen.

»Was heißt ›könnte‹? Hast du dir die Leute etwa bis jetzt noch nicht angesehen?«

»Ich sag doch: Für die ist mir meine Zeit zu schade.«

»Im Ernst? Ich finde, dieser Lennard sieht richtig

lecker aus.« Es fehlt nur noch, dass Ellie sich die Lippen leckt.

»Kann schon sein. Aber du weißt ja, dass ich nicht auf coole Mackertypen stehe. – Außerdem geht er mit Schneewittchen. – Hier.« Sie hat Jennifers Profil gefunden.

»Schneewittchen?«

»Diese ätherische Elfe, neben der ich sitze. Hängt ihm ständig am Hals wie ein Fuchskragen.«

»Dann sind das da wohl die ›hohlen Blondinen‹?« Ellie hat sich die Maus geschnappt und fängt an, Jennifers und Lennards Freundeskreis unter die Lupe zu nehmen. Plötzlich zieht sie scharf die Luft ein. »Ach du Scheiße! Was ist das denn?«

In diesem Moment ruft ihre Mutter: »Meine Damen! Es ist angerichtet.«

Kann sein, dass die Patienten ihrer Mutter recht haben. Kann sein, dass das Essen wirklich gut war. Sie jedenfalls hat nichts davon gemerkt, hat sich nur ein paar Krabben aus den gebratenen Nudeln gepickt und den Rest zu Ellie hinübergeschoben, die auch damit problemlos fertig geworden ist.

Jetzt sitzen sie wieder vor dem Computer und haben das Bild auf dem Monitor, das Ellie vor dem Abendessen entdeckt hat.

»Wer macht denn so etwas?«

Sie schluckt. »Wahrscheinlich diese Sabrina. Die fuchtelt ständig mit ihrem Handy herum. Kann gut sein, dass sie mich fotografiert hat.«

»Aber so eine Fotomontage ... Was soll das?«

»Na ja, ich habe ihr vorgeschlagen, sich für eine Gehirntransplantation vormerken zu lassen.«

»Autsch!« Ellie verzieht das Gesicht. »Das nenne ich einen gelungenen Einstand! Was willst du jetzt machen?«

»Am besten grabe ich mir wohl ein Loch im Garten und du schaufelst es zu.«

»Oh nein. Auf keinen Fall! So einfach dürfen die nicht davonkommen! Erst mal melden wir, dass diese Sabrina pornografische Bilder in ihrem Profil hat. Damit dürfte das Problem gelöst sein.«

»Von wegen! Ich bin sicher, die haben das alle längst auf ihren Handys.«

»Stimmt! Daran hab ich nicht gedacht. Aber wir melden sie trotzdem. Und dann überlegen wir, was du am Montag in der Schule machst.«

»Ich könnte mir einen Sack über den Kopf ziehen.«

Ellie mustert sie nachdenklich einen Augenblick, dann strahlt sie. »Von wegen! Ich habe eine viel bessere Idee.«

Montag,
27. April

NADJA

Beim Gedanken an das, was sie vorhat, wird ihr speiübel. Am Wochenende zu Hause mit Ellie so einen Plan auszuhecken, ist eine Sache, ihn am Montag allein ausführen zu sollen, eine ganz andere.

Unschlüssig nimmt sie das weiße Oberhemd aus dem Schrank, das sie ihrem Vater geklaut hat, bevor er abgeflogen ist. Ellie meinte, das sei ideal. Aber Ellie sitzt jetzt gemütlich in der Straßenbahn und ist auf dem Weg zur Schule. Die muss sich nicht vor eine ganze Klasse stellen und …

In diesem Moment klingelt ihr Handy.

»Hey! Guten Morgen! – Ready for the show?«

»Mir ist schlecht.«

»Du schaffst das. Das weiß ich!«

»Du hast leicht reden …«

»Das weiß ich auch. Aber willst du für den Rest des Schuljahrs die Opferrolle haben?«

Nein, das will sie nicht.

»Sollen diese Tussen einfach gewinnen?«

»Natürlich nicht.« Langsam fühlt sie sich ein bisschen besser.

»Gut. Bist du schon angezogen?«

»Noch nicht ...«

»Dann aber schnell! Ich muss jetzt aussteigen. Heute Nachmittag will ich alles ganz genau wissen! Klar? Mach's gut!«

Sie schlüpft in das Hemd und knöpft es langsam zu. Mit jedem Knopf werden ihre Finger ruhiger. Vielleicht hat Ellie ja recht. Was kann ihr schon passieren? Entweder, der Auftritt funktioniert, dann ist es gut. Wenn nicht, muss sie eben anfangen, ihre Mutter zu bearbeiten, damit sie spätestens nach den Sommerferien wieder zurück in ihre alte Schule kann.

LUKAS

Seine Beine fühlen sich an wie Blei. Jeder Schritt ist unendlich anstrengend. Und in seinem Magen liegt ein riesiger Klumpen Angst.

Außerdem ist er viel zu früh dran. Er hätte sich nicht so einfach von seiner Mutter aus dem Haus schicken lassen dürfen. Als ob er den versäumten Stoff schneller nachholen würde, wenn er besonders früh in der Schule ist!

Wenn es bloß nicht so warm wäre! Ist doch erst April und trotzdem schwitzt er schon wieder wie ein

Schwein. Schwer atmend bleibt er stehen. In seinen Ohren rauscht es. Vielleicht kriegt er ja irgendeinen Zusammenbruch. Wäre eigentlich nicht schlecht. Den Rest des Schuljahres Ruhe haben. Nicht überlegen, ob die Fotomontage noch in der Klasse kursiert oder ob ihnen schon wieder etwas Neues eingefallen ist. Einfach im Bett liegen und warten, dass die Zeit vergeht.

Immerhin ist der Fahrradunterstand verwaist, als er schließlich das Schulgelände betritt. Auch auf dem Weg zum Eingang begegnet ihm niemand aus der Klasse. Fünf Minuten vor acht zeigt die große Uhr in der Aula. Hätte er gar nicht gedacht, dass er so lange gebraucht hat.

Er schleppt sich die Treppen hinunter. Die Tür zum Klassenzimmer ist bereits geschlossen. Dahinter herrscht vollkommene Stille. Seine Hand zittert, als er die Klinke drückt und die Tür vorsichtig öffnet.

Sein erster Blick fällt auf Sabrina und Michelle, die ihn jedoch kaum registrieren, weil sie wie gebannt zum Lehrerpult starren. Dort hat sich die Neue aufgebaut und sagt eben mit kratziger Stimme: »Ich habe am Wochenende im Internet etwas Interessantes gefunden.«

Hier und da wird nach Luft geschnappt.

Er schlüpft ins Zimmer und quetscht sich durch die Reihen bis zu seinem Platz. Keiner nimmt Notiz von ihm, nur Sabrina flüstert: »Ih! Fatso stinkt schon wieder!«

Die Neue trägt ein weißes Herrenhemd und öffnet gerade langsam den obersten Knopf.

»Offenbar«, sagt sie, und ihre Stimme kratzt noch immer, »interessieren sich manche hier sehr für meinen Körper.«

Sie öffnet den zweiten und dritten Knopf, mustert dabei herausfordernd einen nach dem anderen.

Er spürt, wie seine Kehle eng wird, als weiße Spitze und braune Haut aufblitzen.

Julian pfeift leise durch die Zähne.

Irgendjemand gibt ein Stöhnen von sich.

»Es sieht so aus, als ob ich etwas klarstellen müsste«, sagt Nadja und kommt beim letzten Knopf an. »Das Bild im Internet ist ein Fake. Das Original ist – das hier.« Sie lässt das Hemd mit einer raschen Bewegung von den Schultern rutschen, breitet die Arme aus und dreht sich einmal im Kreis. In diesem Moment geht die Tür auf und die Thiel betritt mit einem energischen »Guten Morgen!« das Klassenzimmer.

Sofort zieht Nadja ihr Hemd wieder hoch und schließt die mittleren Knöpfe.

»Was ist denn hier los?«, will die Thiel wissen.

»Eine kurze naturwissenschaftliche Demonstration«, erklärt Nadja und ihre Stimme ist auf einmal ganz ruhig.

»Schön. Dann seid ihr ja bestens eingestimmt auf eine Stunde Physik.«

Nadja greift nach ihrem Rucksack und begibt sich an ihren Platz. Die weiße Spitze, die aus dem Hemdausschnitt blitzt, wirkt so unschuldig wie ihr Lächeln.

LENNARD

Er starrt in sein Mathematikbuch, aber statt Zahlen und Formeln sieht er immer wieder Nadjas lange Finger vor sich, wie sie Knopf für Knopf das Hemd öffnen, sieht einen schneeweißen BH auf leicht gebräunter Haut, volle Brüste, einen üppigen, aber festen Bauch, Jeans die tief auf ausladenden, wohlgeformten Hüften sitzen.

Und er sieht den Puls an Nadjas Hals schlagen. Ob außer ihm irgendjemand gemerkt hat, wie aufgeregt sie war?

Wahrscheinlich nicht. Wahrscheinlich haben alle nur auf ihren Busen geglotzt. Was für ein irrer Auftritt! Dass sie gewagt hat, so etwas durchzuziehen! Sogar Sabrina war erst einmal sprachlos.

Wenn er auch nur einen Bruchteil von Nadjas Mut hätte, wäre er heute nicht in dieser beschissenen Situation. Dann hätte er von Anfang an zugegeben, dass er die Schule um jeden Preis schaffen will. Egal, ob Dominik und Julian ihn einen widerlichen Streber genannt hätten oder nicht. Wie ist er bloß auf die Idee gekommen, er müsste deren blöde Sprüche noch toppen, damit sie ihn akzeptieren?

Mist! Mit dem Lernen wird das nichts. Am liebsten würde er das Mathebuch aus dem Fenster schmeißen und das Physikbuch gleich hinterher.

Vielleicht fühlt er sich besser, wenn er sich eine Runde an den Maschinen verausgabt. Einen Versuch ist es wert. Er packt seine Sporttasche, schlüpft in eine Trainingsjacke und macht sich auf den Weg ins Studio.

Schon auf der Treppe empfängt ihn der stampfende Rhythmus der Musik, und als er die Tür öffnet, schlagen ihm warme Luft und Schweißgeruch entgegen.

Vor dem Tresen steht eine junge Frau mit Sanduhrkörper und langen dunklen Haaren. »Super«, sagt sie gerade, »dann also bis nächste Woche.« Sie dreht sich um und stößt beinahe mit ihm zusammen.

»Hätte ich mir denken können, dass ich euch hier treffe.« Ihre Stimme ist tief und sexy, ganz anders als in der Schule.

»Euch?«

»Dich.«

»Wieso?«

»Na einen Sixpack wie deinen kriegt man wohl nicht vom Auf-der-Couch-Liegen.«

Hat sie also das blöde Bild in seinem Profil schon entdeckt! »Äh ... Und was machst du hier?«, stottert er, weil ihm das plötzlich ziemlich peinlich ist.

»Hab mich nach Stangentanz erkundigt.«

»Was?«

»Stangentanz«, wiederholt sie sanft. »Das kennt ihr Kerle doch, oder?«

Sie schiebt sich an ihm vorbei und ein aufreizender Parfumduft steigt ihm in die Nase.

»Kommst du eigentlich zum Tanz in den Mai?« Ungläubig hört er sich selbst diese Frage stellen.

Nadja bleibt stehen, dreht sich um und sieht ihn mit hochgezogenen Brauen an.

»Donnerstag ... Im Jugendzentrum ... Gibt 'nen Karaoke-Wettbewerb. Ist meistens ziemlich witzig ...« Scheiße! Was redet er da?

»Gehst du da etwa hin?«

»Klar.«

Sie mustert ihn noch immer. »Das Mondgesicht auch?«

Er nickt.

»Und die beiden anderen Macker?«

»Julian und Dominik?«

»Ich glaube, so heißen sie.«

»Sicher kommen die.«

»Das ist ja schlimmer als jedes Gruselkabinett«, sagt Nadja und lässt ihn endgültig stehen.

NADJA

»Und, gehst du?«

»Natürlich nicht.«

»Warum nicht?«

»Spinnst du, Ellie? Glaubst, ich will mit einer Bande von Schwachköpfen in den Mai tanzen? – Du hättest den Typen sehen sollen! ›Stangentanz? Denk ... Denk ...‹«

Ellie kichert. »Sei doch nicht so hart! Nach deinem Auftritt von heute Morgen sucht sein Blut wahrscheinlich immer noch verzweifelt den Weg zurück ins Gehirn.«

Jetzt muss sie selbst auch kichern und in dieses Kichern hinein sagt Ellie: »Ich hätte schon Lust, mal wieder zu tanzen.«

»Ach, ich weiß nicht.«

»Nun komm schon, Nadja.«

»Ich mach das aber nur für dich!«

»Egal! Hauptsache, du machst es.«

Donnerstag, 30. April

JENNIFER

Ich hatte mich mal so auf den Tanz in den Mai gefreut, und jetzt würde ich am liebsten gar nicht hingehen. Seit ich das Bild gesehen habe, das Sabrina von dieser Nadja gemacht hat, ist sie mir direkt ein bisschen unheimlich.

Und sie quatscht mich die ganze Zeit so komisch an, weil ich nach dem Abschlussball abgetaucht bin.

Wenn Lenny nicht für den Rest des Wochenendes zu seinem Vater fahren würde, dann würde ich vielleicht wirklich nicht hingehen. Obwohl ich mich ein bisschen fürchte vor dem, was Sabrina alles einfallen könnte, wenn ich es mir mit ihr verderbe.

Aber wie sagt Mama immer? »Das, wozu man am wenigsten Lust hat, wird meistens am allerschönsten.« Wenn das stimmt, muss der Tanz in den Mai eine super Party werden.

»Du bist ja nicht mal geschminkt!«, ruft Sabrina sofort, als sie ihr die Tür öffnet.

»Doch ...«, will sie protestieren, aber da zerrt Sabrina sie schon regelrecht die Treppe hinauf in ihr Zimmer, wo Michelle gerade ihrer Frisur mit reichlich Haarlack den nötigen Halt verpasst.

»Ist Jenny geschminkt, Michelle?«

Ein kritischer Blick aus kühlen blauen Augen. »Nee. Da fehlt noch eine ganze Menge!«

»Ich hab mir die Wimpern getuscht ...«, setzt sie an, doch Sabrina unterbricht sie. »Dein T-Shirt ist auch viel zu brav. Du siehst ja aus, als wärst du aus dem Kindergarten abgehauen.« Schon reißt sie ihren Kleiderschrank auf und beginnt, zwischen T-Shirts und Tops herumzuwühlen, bis sie schließlich mit einem ärmellosen schwarzen Stretch-Oberteil auftaucht. »Aus dem bin ich rausgewachsen. Das könnte dir passen.«

Zögernd zieht sie ihr makellos weißes T-Shirt aus und das schwarze Top an.

»Hey, sexy«, sagt Michelle. »Schwarz steht dir. Jetzt müssen wir nur noch was mit deinen Haaren machen.«

»Und schminken«, ergänzt Sabrina. »Aber vorher brauchen wir was gegen den Durst.« Sie taucht noch einmal in ihren Schrank und kommt mit einer Flasche wieder zum Vorschein.

»Apfelschnaps! Super!« Michelle streckt schon die Hand aus, aber erst einmal nimmt Sabrina einen kräftigen Schluck.

»Hier.« Wenn sie gedacht hat, sie könnte sich raushalten, hat sie sich getäuscht. Michelle hält ihr die Flasche auffordernd unter die Nase und sie nippt daran. Der Schnaps rinnt ihr die Kehle hinunter und treibt ihr die Tränen in die Augen.

»Das war ja gar nichts!«, stellt Sabrina fest. »Trink mal richtig. Wir wollen schließlich in Stimmung kommen!«

Grinsend sehen sie zu, als sie die Flasche noch einmal ansetzt. Der klebrig-süße Schnaps landet heiß in ihrem fast leeren Magen und breitet sich dort aus. Als die Flasche zum zweiten Mal bei ihr ankommt, schmeckt das Zeug schon wesentlich besser und ihr Kopf wird angenehm leicht. Widerstandslos lässt sie sich von Sabrina die Wimpern nachtuschen und Lidschatten auftragen, protestiert nur schwach, als sie ihr die Lippen knallrot anmalen. Erst als Michelle sich an ihren Haaren vergreifen will, protestiert sie.

»Wie du meinst«, sagt Michelle. »Wenn Len auf Natur steht ...«

Wieder kreist der Apfelschnaps, und als sie schließlich fertig sind zum Gehen, fühlt sich der Boden unter ihren Füßen an wie die Korsika-Fähre letzten Sommer.

Auf der Treppe macht Sabrina noch einmal kehrt. »Hab was vergessen«, erklärt sie und erscheint gleich darauf mit einer Flasche Wodka.

In ihrem Kopf dreht sich ganz langsam ein Karussell. »Für mich nicht«, sagt sie und merkt entsetzt, dass sie nuschelt.

»Der ist nicht für dich!« Sabrina lacht spöttisch auf. »Das ist die Spaßgarantie für diesen Abend.«

»Wie meinst du das?«

»Mal sehen, was unser Fatso heute auf Lager hat, wenn wir ihn ein bisschen in Fahrt bringen. Obwohl der Auftritt beim Abschlussball ja schon ziemlich heftig war ...«

»Red bloß nicht davon«, kreischt Michelle. »Das war ja so was von eklig!«

Jenny sieht in die grinsenden Gesichter und das Karussell in ihrem Kopf wird schneller.

Schon als sie in die Straße zum Jugendzentrum einbiegen, hört sie die Musik. Discofox! Seit diesem blöden Tanzkurs wird plötzlich überall Discofox aufgelegt. Hoffentlich läuft das nicht den ganzen Abend!

Das Karussell in ihrem Kopf dreht sich inzwischen ununterbrochen, und sie ist froh, dass Michelle und Sabrina sie untergehakt haben. Jetzt jedoch lässt Sabrina sie los und sagt: »Den Wodka müssen wir hier draußen deponieren, sonst nehmen sie uns den ab.« Sie blickt sich suchend um, entdeckt eine fehlende Latte im Zaun und schiebt sich durch die Lücke.

»Wir können«, erklärt sie zufrieden, als sie wenig später zurückkommt.

»Wo ist Dominik? Ich will tanzen!« Kaum haben sie ihre Stempel auf den Handrücken, ist Michelle nicht mehr zu halten und bahnt sich einen Weg durch die Menge.

Sie schwankt, als sie plötzlich ganz allein stehen soll. Vorsichtig sucht sie sich einen Weg an der Tanzfläche entlang, bis sie plötzlich an einen breiten Brustkorb stößt. Erschrocken sieht sie hoch, direkt in Lennards strahlendes Lächeln. Das jedoch verschwindet wie ausgeknipst.

»Wie siehst du denn aus?«

Sie runzelt die Stirn.

»Was ist los mit dir?« Lenny nimmt sie in die Arme. Gut. Sofort verhält sich der Boden etwas ruhiger. Sie legt vorsichtig den Kopf in den Nacken und trifft auf einen prüfenden Blick.

»Hast du getrunken?«, will Lennard wissen.

»Nisch viel ...« Oh Gott, sie nuschelt immer noch! »Sabrina ...«

»Hat die dich auch so hergerichtet?«

»?«

»Du siehst aus, als wärst du in einen Farbtopf gefallen.«

Sie sucht zwischen ihren wattigen Gehirnwindungen nach einer Antwort, als sie sieht, wie Lennard plötzlich über ihren Kopf hinweg zum Eingang blickt. Ganz langsam dreht sie sich um.

Die fette Neue! Mit einer Riesin im Schlepptau. Die ist mindestens einen Meter achtzig groß! Ohne nach rechts oder links zu sehen, steuern die beiden die Tanzfläche an und wirbeln los, dass ihr ganz übel wird.

»Wiescho isch die denn hier?« Sie muss sich an Lennard festhalten. Der macht eine Bewegung, als wolle er sie abschütteln, sagt dann aber: »Ich hab ihr erzählt, was hier heute los ist.«

Plötzlich ist ihr speiübel. Hätte sie bloß diesen widerlichen Apfelschnaps nicht getrunken! Sie lässt Lennard los, dreht sich um, sucht Halt an einer Säule, stolpert zurück zum Eingang. Der Ellbogen eines Tänzers landet auf ihrer Wange und ihr schießen Tränen in die Augen. Eine Hand vor den Mund gepresst, taumelt sie an Lucky vorbei, der sich eben einen Stempel auf den Unterarm drücken lässt. Er will sie aufhalten, doch sie schlägt nach ihm und drängt sich hinaus ins Freie.

Aus weiter Ferne hört sie, wie Tom, der Verantwortliche im Jugendzentrum, den Karaoke-Wettbewerb ankündigt.

»... diesmal einen ganz besonderen Hauptgewinn: Einen Monat kostenlos trainieren im ...«

Sie hält sich am Zaun fest und wartet, bis die Übelkeit ein wenig nachlässt. Konzentriert setzt sie dann einen Fuß vor den anderen, wagt es schließlich, den Zaun loszulassen. Als sie die Hauptstraße erreicht, fängt es an zu regnen. Auch gut! Dann muss sie sich schon keine Gedanken mehr machen, was ihre Mutter zu dem grässlichen Make-up sagen wird.

Freitag,
1. Mai

LUKAS

Sein Kopf dröhnt, seine Speiseröhre brennt, seine Augen sind verklebt. Stöhnend zieht er sich die Decke über den Kopf und wälzt sich auf die andere Seite, doch an Schlaf ist plötzlich nicht mehr zu denken. Er sieht Jennys blasses Gesicht vor sich, spürt, wie ihre kleine Hand hart nach ihm schlägt. Warum ist sie weggelaufen, bevor die Party richtig anfing?

Hat ihm das irgendjemand gesagt?

Keine Ahnung.

Aber dass diese Nadja da war, das weiß er noch. Zusammen mit einer Freundin. Und Sabrina hatte Wodka eingeschmuggelt. Dann war da noch der Karaoke-Wettbewerb ...

Irgendwas war mit dem Karaoke-Wettbewerb.

Wenn ihm bloß nicht so schlecht wäre! Wieder stöhnt er.

»Lukas!« Die Stimme seiner Mutter dringt wie ein Bohrer in seinen Schädel. Er wälzt sich aus dem Bett und schleppt sich zur Tür. »Was ist denn?«

»Telefon!«

Er wankt die Treppe hinunter, versucht seinen rebellierenden Magen zu ignorieren.

»Was'n los?«

»Hab ich dich geweckt? Es ist fast Mittag, Alter.« Lennard klingt widerlich ausgeschlafen.

»Was'n los?«, fragt er noch einmal.

»Ich wollte dir bloß sagen, dass ich vor Montag keine Zeit habe. Ich fahre jetzt zu meinem Vater.«

»Hä?«

»Na – wir hatten doch abgemacht, dass wir dich beim ersten Mal begleiten.«

»Wer? Wohin?«

»Na, Domi, Jul und ich. Ins Studio!«

Einen Moment ist es still in der Leitung, dann lacht Lennard plötzlich. »Sag bloß, du weißt es nicht mehr.«

Etwas rührt sich ganz weit hinten in seinem Kopf.

»Deine Show?«

»Hä?«

»›You can leave your hat on‹?«

Die Erinnerung kommt näher.

»Mensch, Fatso! So besoffen kannst du doch nicht gewesen sein!«

Ein Trenchcoat. Hände, die ihm in den Mantel helfen. Hände, die ihm einen Hut auf den Kopf drücken und ihn auf die Tanzfläche schieben. Musik. Kreischen. Pfiffe. Text, der vor seinen Augen verschwimmt.

»Gesungen hast du ja nicht besonders«, dringt Lennards Stimme von weit her an sein Ohr. »Aber deine Nummer war verdammt gut. Den ersten Preis hast du echt verdient!«

JENNIFER

Ich mach das nicht mehr mit. Nie wieder!

Sollen sie doch vorglühen, bis sie brennen, aber nicht mehr mit mir!

Soll Sabrina mich doch auf ihre schwarze Liste setzen!

Ist mir egal!

Total egal!

Nie wieder will ich morgens in meinem Bett aufwachen, ohne zu wissen, wie ich da überhaupt reingekommen bin!

Nie wieder will ich solche Kopfschmerzen haben!

Und erst recht will ich nie wieder das Gefühl haben, dass ich ununterbrochen kotzen könnte!

Sonntag,
3. Mai

LENNARD

Er hätte gar nicht erst kommen sollen. Wann begreift er endlich, dass ihn hier keiner haben will? Statt drei Tage uralte Sachen am Computer zu spielen, hätte er sich lieber um Jenny kümmern sollen.

Wie sie am Donnerstag im JUZ aufgekreuzt ist, das hat ihn richtig schockiert. Er hat sie noch nie betrunken erlebt. Und so aufgetakelt auch nicht.

Gut, dass er sie eingeholt hat, bevor sie an der Hauptstraße war. Blöd, dass er keinen Schirm dabei hatte. Wie eine nasse Katze sah sie aus, als ihre Mutter sie reingelassen hat.

Ob Frau Kraheberger ihm geglaubt hat, dass er nichts für Jennys Zustand konnte? Jedenfalls hat sie sich am Freitag geweigert, sie ans Telefon zu holen. Oder hat sie da wirklich noch geschlafen?

Wenn er bloß sein Handy nicht vergessen hätte!

Vielleicht hätte er doch mal vom Festnetz aus anrufen sollen. Aber seit das Baby da ist, spielt Dana total verrückt. Wittert überall gefährliche Strahlen und so. Deswegen gibt es nur einen Internetanschluss über Modem und statt des Mobilteils ein Telefon mit Kabel im Wohnzimmer, wo jeder mithören kann.

Nee. Lieber bringt er das mit Jenny erst morgen in Ordnung.

Er sollte in Zukunft wieder den Zug nehmen. Jedes Mal, wenn er ihn nach Hause fährt, versucht sich sein Vater an diesen grässlichen, tiefschürfenden Vater-Sohn-Gesprächen. Auch jetzt wieder.

»Tut mir leid«, sagt er, »dass ich im Moment so wenig Zeit für dich habe. Ich wusste nicht mehr, dass Babys so anstrengend sind.«

»Woher auch? Hast dich doch vorher noch nie um eines gekümmert.«

Das hat gesessen. Eine Zeit lang herrscht Schweigen.

»Was macht das Fußballspielen?«, nimmt sein Vater irgendwann einen neuen Anlauf.

»Damit hab ich doch schon ewig aufgehört.«

»Mein Güte, ja! Wie konnte ich das vergessen!« Fehlt nur noch, dass er sich mit der flachen Hand an die Stirn klatscht. »Warum eigentlich?«, fragt er nach einer weiteren langen Pause.

Ja warum? Weil es blöd ist, wenn die Mutter am Spielfeldrand steht und einen anfeuert? Weil Julian und Dominik plötzlich anfingen, ins Studio zu gehen?

»Keine Ahnung.«

An den Fenstern fliegen Dörfer, Wiesen und Wälder vorbei. Es wird langsam dunkel. Er lehnt den Kopf an die Scheibe und schließt die Augen. Kurz bevor er einnickt, steht ihm plötzlich Jennys Gesicht vor Augen. Ohne sie würde er diesen ganzen Mist gar nicht mehr aushalten.

JENNIFER

Sie pustet sich die Haare aus der Stirn. Die Fans jubeln. Ihre Hände werden feucht.

Anpfiff.

Sie nimmt dem *Predator* sofort den Ball ab, spielt zwei, drei Gegner aus und schießt.

1:0!

Ihr Torschütze reißt die Arme hoch, doch der *Predator* lässt ihr keine Zeit zu jubeln, steht schon wieder an der Mittellinie, stürmt los, sobald der Schiedsrichter das Spiel erneut anpfeift.

1:1.

Sie grinst. Der *Predator* war ziemlich lange in der Versenkung verschwunden, aber dieses Wochenende ist er wieder aufgetaucht, und sie haben sich ein paar beeindruckende Matches geliefert. Und dieses hier wird sie gewinnen.

Kurz vor Spielende steht es 7:7 und sie startet eben den alles entscheidenden Angriff, als ihre Zimmertür auffliegt

»Darf ich mitspielen?«

»He! Verschwinde, Zwerg!«

»Gegen wen spielst du da?« Freddy baut sich neben ihrem Stuhl auf. »Ist das Lenny?«

Das fragt sie sich schon lange. Irgendwie kommt ihr die Ausdrucksweise des *Predators* total bekannt vor. Aber bei seinem Vater geht Lennard so gut wie nie online und außerdem ist dort die Verbindung zu schlecht, um zu spielen.

»Vorsicht! Da hinten!« Der schwitzige kleine Zeigefinger ihres Bruders hinterlässt einen Abdruck auf dem Bildschirm.

»Hab ich doch längst gesehen! Sei wenigstens ruhig, ja?«

Sie passt hinüber zu ihrem zweiten Stürmer und der versenkt aus einem fast unmöglichen Winkel den Ball im Tor.

In diesem Moment ertönt der Schlusspfiff.

»Du hast gewonnen! Geil!«, jubelt Freddy und sie muss lachen.

»*CU* ☺«, verabschiedet sie sich vom *Predator*, dann dreht sie sich zu ihrem kleinen Bruder um. »Wolltest du was Bestimmtes?«

»Du sollst runterkommen! Mittagessen.«

»Bin gleich da«, sagt sie, und fährt den Computer runter.

»Willst du was in dein Geheimnisbuch schreiben?«, fragt Freddy. »Über Lenny?«

Bei Lennard muss sie sich erst mal für ihren Auftritt vom Donnerstag entschuldigen, bevor es da wieder irgendwas zu schreiben gibt.

LUKAS

CU ☺.

Mist! *MaraDonna* war wieder in Hochform. Und dabei dachte er wirklich, er könnte dieses Spiel gewinnen.

Aber vielleicht hat er ja wenigstens bei der Versteigerung Glück gehabt. Er tippt das Kennwort ein und ruft sein Konto auf. Tatsächlich!

Herzlichen Glückwunsch. Sie haben diesen Artikel gekauft.

Wahnsinn! Der WM-Ball von 1998. Signiert!

Er muss sich unbedingt noch mal bei Oma für das großzügige Ostergeschenk bedanken. Ohne ihren Schein hätte er sich dieses Prachtstück niemals leisten können, obwohl 157,53 Euro ein echtes Schnäppchen sind.

Trotzdem wird sein Vater ganz schön meckern, wenn er in den nächsten Tagen zufällig einen Blick auf sein eBay-Konto wirft. Dabei hat er die Fußballbegeisterung eindeutig von ihm geerbt. Schließlich war es sein Vater, der ihm damals zur WM den ersten Fußball geschenkt hat. Und das erste Torwart-Trikot. Andreas Köpke im Mini-Format. Mit Autogramm.

Er notiert sich schnell die Bankverbindung des Verkäufers, schaltet den Computer aus und wirbelt mit seinem Schreibtischstuhl im Kreis herum. Da im Regal, neben dem Pokal für den besten D-Schüler-Torwart der Gruppe, ist der perfekte Platz für den Ball. War das eine geile Saison! Nicht ein einziges Tor hat er damals kassiert. Alle haben ihn nur noch Lucky genannt. Dabei hatte das kaum etwas mit Glück zu tun. Damals war er einfach super in Form.

Er greift nach seinem Handy, um bei der Bank anzurufen.

Eine neue Nachricht. Als er die ersten Takte der Musik hört, beginnt sich alles zu drehen.

Montag,
4. Mai

NADJA

Das Telefon klingelt. Sie hört, wie ihre Mutter sich meldet, hört sie murmeln, dann einen ärgerlichen Ausruf und Schritte, die über den Fliesenboden klappern. Es klopft, und bevor sie ›Herein‹ sagen kann, steht ihre Mutter schon im Zimmer.

»Gut siehst du aus«, sagt sie mit einem Blick auf die schwarzen Jeans und das schwarze Hemd. »Richtig spektakulär.«

»Das wolltest du mir aber nicht sagen, oder?«

»Stimmt«, gibt ihre Mutter zu. »Ich habe ein Problem.«

»Frau Müller?«

»Diesmal ausnahmsweise nicht. Frau Scheffler hat sich eben krankgemeldet. Vormittags mit zwei Helferinnen, das geht schon irgendwie. Aber den ganzen Tag, eine ganze Woche lang ...«

»Ich hab doch spätestens um halb vier aus. Wenn du willst, komme ich in die Praxis und übernehme wenigstens das Telefon.«

Ihre Mutter seufzt. »Ich hatte gehofft, dass du das sagen würdest. Aber musst du nicht lernen? Und heute ist doch auch Chorprobe, oder?«

»Die hatte ich total vergessen. Aber den Rest der Woche kann ich dir helfen. Und freitags haben wir um eins aus. Da ...«

»Super«, sagt ihre Mutter. »Dann warte ich jetzt mal ab, wie es läuft. Frau Klinger ist ja sehr tüchtig und vielleicht wächst die gute Frau Müller mit ihren Aufgaben. Wenn nicht ...«

»Sagst du einfach Bescheid.«

»Du bist großartig, Schatz«, sagt ihre Mutter. »Ziehst du die schwarzen Stiefel zu diesen Jeans an? Das muss umwerfend aussehen.«

Es ist ziemlich spät, der Platz vor dem Schulgebäude fast leer. Gut so! Ihr tut jedes Mal der Nacken weh, wenn sie hoch erhobenen Hauptes an den Fahrradunterständen vorbeistolzieren muss.

Sie beeilt sich, hinunter in den Keller zu kommen. Die Tür zum Klassenzimmer ist bereits geschlossen. Sofort werden ihre Nackenmuskeln wieder hart. Vorsichtig öffnet sie die Tür einen Spalt.

Die Thiel ist noch nicht da, aber trotzdem sitzen schon alle auf ihren Plätzen und wenden nun wie auf Kommando die Gesichter der Tür zu. Als sie Nadja erkennen, geht ein enttäuschtes Murmeln durch den

Raum. Unbehelligt erreicht sie ihren Platz. Schneewittchen vergisst ganz, demonstrativ zur Seite zu rutschen, wie sie das sonst immer tut.

Als Nadja sich setzt, geht die Tür erneut auf. Hier und da wird gelacht und Michelle zischt: »Bitte heute keine nackten Tatsachen!«

Lukas bekommt hektische rote Flecken im Gesicht und windet sich schwitzend durch die Bankreihen. Irgendein Witzbold ruft »Auszieh'n! Auszieh'n!«, unterstützt von rhythmischem Klopfen.

Als Lennard ihm High Five gibt, grinst Lukas verlegen und setzt sich.

Jetzt erscheint die Thiel und schlagartig wird es still im Klassenzimmer.

»Ich weiß zwar nicht, was im Moment mit euch los ist«, sagt die Lehrerin und knallt ihre Aktentasche aufs Pult, »aber es wäre auf jeden Fall besser, ihr würdet euch etwas mehr für Mathematik und Physik interessieren.« Um das zu unterstreichen holt sie ihr Notenbuch heraus und beginnt darin zu blättern. »Es gibt in dieser Klasse einige Kandidaten, die dringend etwas für ihre Zensur tun müssten. Dafür bieten sich natürlich Referate an.« Ihr Blick wandert über die Reihen. »Freiwillige?«

Alle Augen sind plötzlich konzentriert auf Fingernägel und in Hefte gerichtet. Auch sie senkt fast automatisch den Kopf.

»Noch habt ihr die freie Auswahl ...«, sagt die Thiel. »Ich könnte Photonen und das diskrete Spektrum bieten. Absorption von Photonen?«

Jetzt ist es so still, dass man vom Sportplatz her den Rasenmäher des Hausmeisters hört.

»Medizinische Anwendungen von Spektroskopie und Röntgenstrahlung?«

Von Röntgenstrahlen versteht sie etwas. Die hat ihre Mutter ihr schon als Kind erklärt. Obwohl ihre Noten völlig okay sind, meldet sie sich.

»Danke«, sagt die Thiel. »Ich würde mir tatsächlich gerne selbst einen Eindruck von deinen Leistungen verschaffen. – Wer macht mit? Ihr wisst, dass die Referate zu zweit ausgearbeitet werden.«

Warum sagt sie das jetzt erst? Wenn sie geahnt hätte, dass sie mit einem von diesen Schwachköpfen ... Prompt hebt Lennard in Zeitlupentempo die Hand.

»Deine Note, Lennard«, sagt die Thiel, »ist leider eindeutig.« Sie sieht wieder in ihr schwarzes Büchlein. »Lukas, du könntest noch etwas tun.«

»Die zwei in einem Raum, das wird gefährlich für die Statik«, flüstert Sabrina laut genug, dass die ganze Klasse es hört. Prompt prustet es wieder hier und da los und dieser dämliche Julian stößt einen seiner miesen Lacher aus.

Es reicht! »Wenn das Gesamtgewicht eine Rolle

spielt«, sagt sie laut und fixiert Sabrina, die sich zur Klasse umgedreht hat, »dann sollten vielleicht wir beide das Referat machen. An dir ist ja nicht viel dran.«

»Das wäre auch eine Möglichkeit«, sagt die Thiel. »Von dir brauche ich auch noch eine Note, Sabrina.«

Schneewittchen gibt etwas von sich, das verdächtig nach einem unterdrückten Lachen klingt, und lässt die Haare vors Gesicht fallen.

Sabrina murmelt: »Ich will mich nicht vordrängeln.«

»Also was ist jetzt?« Die Thiel wird ungeduldig und klopft mit ihrem Stift aufs Pult.

»Meinetwegen mache ich das Referat mit Lukas.«

»Lukas?«

»Von mir aus«, nuschelt der.

»Also dann. Nächsten Montag. Medizinische Anwendungen von Spektroskopie und Röntgenstrahlung. Nadja und Lukas. Und jetzt holt eure Hausaufgaben heraus. Es wird Zeit, dass wir mit dem Stoff weiterkommen.«

LUKAS

Warum können sie ihn nicht einfach mal in Ruhe lassen? Geht doch niemanden was an, ob er seinen Gutschein einlöst oder nicht! Und wann er das macht, ist auch seine Sache! Trotzdem hat er sich wieder mal breitschlagen lassen und sich mit Lennard um 17 Uhr im Studio verabredet. So kommt er immerhin um die Bemerkungen von Julian und Dominik herum. Ganz so fies wie deren Kommentare sind die von Len meistens doch nicht.

Nun warten sie vor dem Tresen und hinter dem Tresen steht eine magere junge Frau, die so breit lächelt, dass sie eigentlich einen Krampf in den Wangen bekommen müsste.

»Du bist also der glückliche Gewinner!« Ihre Augen lächeln nicht, sondern sagen ziemlich deutlich: ›Dieser eine Monat wird dir gar nichts nützen.‹ Laut sagt sie allerdings: »Du hättest vorher anrufen sollen. Unser Fitness-Coach ist nur dienstags und freitags im Haus. Den brauchst du, damit er dir einen Trainingsplan erstellen kann.«

Dann eben nicht! Er ist schon fast wieder an der Tür, da hört er Lennard sagen: »Das macht doch nichts. Dann zeige ich ihm heute ein paar Übungen.«

»Trainierst du auch hier?«

»Klar.«

»Tut mir leid. Ich mach das erst seit ein paar Tagen. Wie heißt du?«

»Müller.«

Die junge Frau tippt auf der Tastatur des PCs herum. »Und dein Vorname?«

»Lennard.«

Sie tippt wieder, runzelt die Stirn. Klickt hier, klickt da.

Unbehaglich tritt er von einem Fuß auf den anderen. Er hat keine Lust, sich von Lennard irgendwelche Geräte erklären zu lassen. Eigentlich hat er überhaupt keine Lust auf dieses blöde Studio. Der Schweißgeruch, der in der Luft hängt, ist beinahe unerträglich und die dröhnende Hip-Hop-Musik geht ihm schon jetzt auf die Nerven.

»Du bist hier nicht mehr angemeldet«, sagt die junge Frau gerade zu Lennard.

»Was?«

»Dein Vertrag ist zum 30. April gekündigt worden.« Lennard wird blass. »Von wem?«

»Von einer Sonja Müller«, sagt die junge Frau. »Deine Mutter, nehme ich an?«

Lennard rempelt ihn an, als er sich wortlos umdreht und zur Tür hinausstürmt.

Super! Und jetzt? Ratlos sieht er zu der jungen Frau hinüber, doch die beachtet ihn schon nicht mehr.

Umso besser!

Als er auf die Straße tritt, hat Lennard schon fast die Rampe zur S-Bahn-Haltestelle erreicht. Wahrscheinlich will er die Abkürzung nehmen.

Könnte er eigentlich auch machen. Es ist so heiß, dass ihm schon wieder das T-Shirt am Rücken klebt.

Und die dämliche Sporttasche schlägt ihm bei jedem Schritt schmerzhaft in die Kniekehlen.

Die Haltestelle ist fast leer, als er die Rampe hinaufkeucht. Nur auf dem gegenüberliegenden Bahnsteig, in der Nähe des Treppenaufgangs, wartet einsam eine schwarz gekleidete Gestalt. Sieht fast aus wie diese Nadja. Die muss er jetzt echt nicht haben! Die quatscht ihn bestimmt wegen des Referats an. Am besten macht er es wie Lennard und geht über die Gleise.

Allerdings ist es eine Ewigkeit her, dass er Stützsprünge oder Klimmzüge gemacht hat, und damals war er wesentlich leichter als heute.

»Jetzt mach schon!« Lennard hat sich umgedreht und ihn entdeckt.

Er setzt sich auf die Bahnsteigkante, wirft die Sporttasche ins Gleisbett und springt hinterher, stapft durch den Schotter hinüber und schmeißt die Tasche auf den Bahnsteig. Die Kante ist viel höher, als er gedacht hat, und sein Herz rast plötzlich. Er legt die Hände auf den Beton und versucht, sich in die Höhe zu stemmen, während Lennard von weit oben auf ihn herunter sieht.

»Beeil dich!«, sagt er. »Sonst hängst du immer noch hier rum, wenn die S-Bahn kommt.«

Scheiße! An die S-Bahn hat er überhaupt nicht gedacht! Sein Herz flattert wie ein aufgeschreckter Vogel, als er erneut versucht, sich hochzustemmen und seine Arme einfach einknicken.

»Oh Mann, Fatso, so wird das nie was!«, stöhnt Lennard und springt neben ihm ins Gleisbett.

Sofort beruhigt sich das Geflatter in seiner Brust ein bisschen. Mit Lennards Hilfe schafft er das schon. Doch der denkt gar nicht daran zu helfen. »So macht man das!«, sagt er nur und springt mit widerwärtiger Leichtigkeit in den Stütz. »Und dann das Bein hoch. – Fertig.« Er steht wieder oben. »Drei Minuten hast du noch.«

Er spürt, wie Panik in ihm hochsteigt. Der Bahnsteig ist nicht lang. Er könnte nach vorne laufen ... Nein. Da ist rechts und links von den Gleisen ein Zaun. Und in die andere Richtung wächst irgendwelches Stachelzeug, da kommt man auch nicht durch. Er muss rauf auf den Bahnsteig!

»Du hältst dich wohl für besonders cool, oder?«

Nadja steht neben Lennard und faucht ihn an. »Hilf ihm endlich!«

»Wollte ich doch gerade«, murmelt Lennard und springt wieder zu ihm herunter. »Mach schon, Alter!«, kommandiert er und schiebt, während Nadja gleichzeitig an seinem Arm zerrt. Er verliert den Boden unter den Füßen, weiß einen Sekundenbruchteil nicht, wo oben und unten ist, dann liegt er keuchend auf dem Bahnsteig.

»Geiler Auftritt«, sagt Nadja, gibt ihm die Hand und zieht ihn in die Höhe.

Pfeifend saugt seine Lunge Luft ein. Er kann nicht sprechen.

»Den vom Donnerstag meine ich«, sagt Nadja. »Scharfer Strip.«

Lennard geht, ohne sie eines weiteren Blickes zu würdigen.

»Wann wollen wir das Referat vorbereiten?«, will Nadja wissen.

In diesem Moment hält die S-Bahn mit kreischenden Bremsen neben ihnen.

»Okay. Reden wir also morgen drüber«, meint er von Nadjas Lippen zu lesen, dann steigt sie ein.

LENNARD

Im Wohnzimmer läuft der Fernseher. Seine Mutter steht am Bügelbrett und bearbeitet verbissen eine weiße Jeans. Das Bügeleisen spuckt fauchend eine Dampfwolke nach der anderen aus.

»Warum hast du meinen Vertrag gekündigt?«

Seine Mutter sieht kurz auf und bügelt dann weiter, als hätte sie nichts gehört.

»Wieso kündigst du meinen Vertrag, ohne mir etwas zu sagen?« Er will gar nicht so laut werden, aber in ihm ist irgendetwas kurz davor zu explodieren.

Seine Mutter faltet sorgfältig die Jeans und legt sie in den Korb. Ihr Gesicht ist fast so weiß wie die Wäsche.

»Wie wäre es, wenn du erst einmal ›Hallo‹ sagst?«, fragt sie leise.

»Wie wäre es, wenn du mich warnst, bevor du meinen Vertrag kündigst? Ich mache mich ja vor meinen Freunden zum Affen.«

»Das Geld reicht einfach nicht mehr für solche Extras«, sagt seine Mutter.

»Wenn du mir wenigstens was gesagt hättest ...« Von einer Sekunde zur anderen ist ihm nicht mehr nach Explodieren, sondern nach Heulen zumute.

»Ich hab's vergessen, Lenny. Ich habe im Moment so viel anderes im Kopf ...« Wie ein Roboter legt seine Mutter das nächste weiße T-Shirt aufs Bügelbrett.

Er dreht sich um und geht in sein Zimmer. Wirft sich aufs Bett. Vergräbt den Kopf im Kissen.

Dienstag, 5. Mai

JENNIFER

Was ist bloß los mit ihr? Irgendwie ist das doch nicht normal. Sie haben die Wohnung für sich allein, müssen nicht damit rechnen, dass jeden Moment ein neugieriger kleiner Junge hereinplatzt, und trotzdem liegen sie hier nebeneinander auf Lennards Bett und starren wortlos an die Decke. So als hätte sie sich nicht gestern schon für ihren blöden Auftritt im JUZ entschuldigt. So als hätte er ihr nicht gestern schon gesagt, er sei nicht sauer gewesen, sondern hätte nur sein Handy vergessen und deswegen nicht angerufen.

Und woran sie jetzt gerade denkt, das ist schon überhaupt nicht normal.

»Was ist eigentlich los mit dir?« Lennard rollt sich auf die Seite, stützt den Kopf in die Hand und mustert sie aufmerksam.

»Was soll los sein?«

»Woran denkst du?«

»An Luck... an Lukas.«

»He! Was hat der, das ich nicht habe?« Lennard grinst.

»Sei nicht so blöd!«

»Du hast recht! Kann jeder sehen, was er hat und ich nicht.«

Plötzlich ist ihr nach Heulen zumute.

Lennard sieht sie fast erschrocken an, sagt: »He Jenny, was ist denn? Ich hab doch nur Spaß gemacht!«

»Hast du ...?« Sie schnieft. »Hast du mal diese Videos gesehen?«

Lennard runzelt die Stirn. »Was für Videos?«

»Die von Luck... von Lukas. Vom Abschlussball.«

Lennard sieht sie verständnislos an. »Was ist damit?«

Was damit ist? Das kann sie nicht so einfach in Worte fassen. Sie klettert über Lennard hinweg aus dem Bett und fährt seinen Computer hoch. »Du fragst, was damit ist? Das ist ... Das war ...« Sie sucht hektisch hin und her, findet das erste Video und klickt auf »Play«. Lennard steht inzwischen hinter ihr und sieht ihr über die Schulter.

»Eins!«, zählt eine Jungenstimme, die nicht mehr ganz nüchtern klingt. Die Kamera wandert von einer schief sitzenden Fliege über eine weiße Hemdbrust. Tiefer. Noch tiefer. Die unteren Knöpfe sind geöffnet. Nur ein Zipfel des Hemdes steckt noch im Hosenbund.

»Zwei!«

Eine Bierdose verschwindet unter einem unförmigen weißen Bauch.

»Drei!«

Noch eine Dose wird unter dem überhängenden Fett festgeklemmt.

»Du schaffst es, Fatso«, kreischt eine Mädchenstimme. »Zeig's uns!«

»Vier ... Nein, leider doch nicht!« Die Dosen klappern zu Boden.

»Das war nichts, Fatso«, erklärt die Jungenstimme. »Also: auf Ex!«

Die Kamera zoomt auf Lukas' Gesicht, als er die erste Dose aufreißt, den Kopf in den Nacken legt und sich das Bier in langem Strahl in den Mund rinnen lässt.

»Eins!«, zählt jetzt ein ganzer Chor.

Lukas öffnet die zweite Dose und leert auch die auf Ex.

»Na und?«, sagt Lennard. »Das war doch mal wieder typisch Fatso.«

Ungläubig dreht sie sich zu ihm um. »Aber ... das ist doch ... menschenverachtend. Wie kann man ihn denn so vorführen? Seinen Körper ...« Ihre Stimme kippt. »Ich hätte etwas tun müssen!«

Lennard sieht verwirrt aus. »Wieso hättest du etwas tun sollen? Fatso macht doch immer wieder solche Sachen. Ich glaube, der braucht das.«

»Wie meinst du das?«

»Seit ich Fatso kenne, wettet der ständig. Allerdings hält er sich meistens zurück, wenn Mädchen dabei sind. Ich erzähl dir lieber nicht, was der schon alles in und unter seinem Bauch hat verschwinden lassen.«

Sie spürt, wie sich in ihrem eigenen Bauch ein ganz komisches Gefühl ausbreitet. Seit diesem Abschlussball schämt sie sich fast zu Tode für das, was Lucky getan hat, und für das, was sie nicht getan hat, und er ... Das kann nicht sein!

»In der siebten, nach dem ersten Klassenausflug, waren wir noch Burger essen. Und Domi hat gewettet, Fatso würde keine zehn Stück in fünf Minuten schaffen.«

Sie will das gar nicht hören.

»Wenn er verloren hätte, hätte Fatso für uns alle zahlen müssen. Musste er nicht. Hat nur auf dem Heimweg in die S-Bahn gekotzt.«

Noch bei der Erinnerung daran muss Lennard grinsen, doch dann wird er plötzlich ernst. »Du bist ja ganz weiß. Willst du raus an die Luft?«

Sie schluckt.

Lennard greift nach ihrer Hand und zieht sie vom Stuhl hoch. »Ein bisschen bolzen wird dir gut tun.«

LUKAS

Mist! Als Dominik anrief, hat er doch was von Bolzen zu dritt erzählt! Und jetzt sitzt Jenny neben Lennard auf der Betonmauer am Rande des Platzes und starrt mit einem ganz seltsamen Gesichtsausdruck auf Dominiks Handy.

Als er die Melodie erkennt, will er am liebsten auf dem Absatz umkehren, aber Julian hat ihn schon entdeckt und brüllt: »He, komm rüber, Fatso! Wir sehen uns gerade das Siegervideo an!«

Zögernd nähert er sich der Gruppe.

»Jenny wusste noch gar nichts von deiner neuesten Heldentat«, erklärt Dominik grinsend. »Das mussten wir ihr gleich mal vorführen.«

Eigentlich findet er seinen Auftritt beim Tanz in den Mai inzwischen ganz witzig, aber als er Jennys schneeweißes Gesicht sieht, wünscht er sich trotzdem, sie hätten ihn nicht dabei gefilmt.

»Ich ... Ich dachte, wir wollten Fußball spielen. Was will die dann hier?«

»Jenny spielt mindestens so gut wie ihr alle«, sagt Lennard. »Außerdem wussten wir nicht, dass ihr hier seid.«

»Ungünstiger Ort, um allein zu sein«, wiehert Julian. Bevor er noch deutlicher werden kann, unterbricht Lennard ihn.

»Wollen wir jetzt spielen, oder nicht?«

»Meinetwegen.« Dominik zieht seine Trainingsjacke aus und verstaut das Handy in der Reißverschlusstasche. »Hochball?«

»Aber ohne Arschbolzen.« Len springt von der Mauer.

»Wieso?«, fragt Dominik.

Julian verdreht die Augen. »Wieso wohl?«, äfft er Domi nach und wirf einen bedeutungsvollen Blick zu Jenny hinüber.

»Oh, verdammt!« Sie springt von der Mauer und verpasst Julians Fußball einen Tritt, dass er über den ganzen Platz fliegt. »Dann spielt doch alleine!«

»Den Ball holst du aber wieder!«, protestiert Julian und mit grimmigem Gesichtsausdruck läuft Jenny los, schießt den Ball zurück und holt auch gleich noch den orange-weiß gestreiften Plastikhut, den irgendjemand dort drüben hat stehen lassen.

Dominik nimmt ihr das Teil aus der Hand. »Wir könnten Zielschießen machen«, sagt er und setzt sich den Plastikhut auf.

»Das ist doch Quatsch.« Wenn Jenny nur endlich abhauen würde!

»Ist doch mal was anderes«, sagt Dominik. »Mit Hüten kennst du dich doch aus, Fatso.« Er fängt an herumzutänzeln und krächzt dazu: »*You can leave your hat on ...*«

»Lass ihn doch«, sagt Jenny mit einem ganz eigenartigen Gesichtsausdruck.

»Dann stripp doch wenigstens für uns!«, kommt es jetzt von Julian und er spürt, wie ihm der Schweiß aus allen Poren bricht. Panisch schüttelt er den Kopf.

»Nun sei nicht so, Süßer«, lockt nun Lennard mit Falsettstimme. »Tanz für uns.«

»Hört endlich auf mit dem Quatsch!«, krächzt er verzweifelt.

»Du darfst wählen«, sagt Lennard. »Strippen oder Zielschießen.«

Mittwoch, 6. Mai

NADJA

Wieso lässt die Thiel Referate eigentlich zu zweit halten? Wenn sie das gewusst hätte, wäre sie niemals auf die Idee gekommen, sich freiwillig zu melden. Das Risiko, dass ihr dieser Lukas die Physiknote ruiniert, wäre ihr viel zu groß gewesen. An der S-Bahn am Montag hat er einfach nicht reagiert, gestern nach der Schule war er sofort verschwunden und heute ist er gar nicht erst aufgetaucht. Ihre Kontaktversuche per Messenger ignoriert er. Und das, wo sie nur noch viereinhalb Tage Zeit haben!

Ihr bleibt wohl nichts anderes übrig, als ihn anzurufen. Allzu viele Angermanns dürfte es in diesem Kaff ja kaum geben.

Sie tippt Namen und Ort ein und hat tatsächlich nur einen einzigen Treffer – noch dazu ganz in der Nähe.

Kurz entschlossen packt sie ihre Physiksachen zusammen. Bevor sich dieser Typ auch am Telefon verleugnen lässt, stellt sie ihn jetzt lieber direkt.

Der Zaun sieht aus, als würde er jeden Moment zusammenbrechen und der efeuberankte Giebel hat etwas von einem Hexenhaus. Durch eine Blumenwiese führt ein rissiger Plattenweg bis zur Haustür, neben der ein offenbar selbst getöpfertes Schild verkündet: ›Hier leben Lukas, Lauritz und Lisa mit Mama und Papa.‹

Sie beißt sich auf die Unterlippe, um nicht zu lachen, als sie auf den Klingelknopf drückt. Irgendwo tief im Inneren des Hauses scheppert eine Glocke und gleich darauf ertönt wildes Getrappel. Die Tür wird aufgerissen und zwei sommersprossige Gesichter sehen zu ihr auf.

»Wer bist'n du?«, fragt das größere der beiden rothaarigen Wesen.

»Nadja. Und du? Lauritz oder Lisa?«

»Lisa. Woher weißt du, dass wir nicht Lukas sind?«

»Weil ich den kenne.«

»Ach, bringst du Lukas die Hausaufgaben? Das ist aber nett.« Eine rundliche Frau mit mehligen Händen taucht im Flur auf. Sie pustet sich eine Haarsträhne aus dem Gesicht. »Irgendwas stimmt nicht mit dem Jungen«, sagt sie. »Der war immer so gesund und plötzlich kränkelt er ständig. Wobei ... diesmal kränkelt er ja nicht direkt ... Ist in der Schule irgendwas passiert?«

Soll sie dieser Frau wirklich erzählen, dass die halbe Klasse aus Sadisten besteht? Lieber zuckt sie nur die Schultern und murmelt: »Keine Ahnung. Ich bin neu ...«

»Wahrscheinlich sollte ich mal mit den Lehrern reden ...« Lukas' Mutter seufzt, dann sagt sie: »Sein Zimmer ist im ersten Stock. Zweite Tür links.«

Mit diesen Worten verschwindet sie wieder in den Tiefen des Hauses, die beiden Kleinen im Schlepptau.

Die Treppe knarrt und knackt bei jedem Schritt und plötzlich fällt ihr Sabrinas Spruch wieder ein, dass die Statik ihrem und Lukas' geballtem Gewicht vielleicht nicht standhalten würde.

Blöde Kuh!

Die zweite Tür links ist geschlossen und auf ihr vorsichtiges Klopfen ertönt sofort ein knurriges: »Draußen bleiben!«

Sie klopft noch einmal.

»Wie oft soll ich euch noch sagen ...« Der Rest des Satzes bleibt Lukas im Hals stecken, aber auch sie selbst ist plötzlich sprachlos.

»Was hast du mit deinem Gesicht gemacht?«

»Sportunfall.«

»Was für ein ...?« Die Frage erübrigt sich, als sie einen Blick in sein Zimmer erhascht.

Poster von Fußballmannschaften und –spielern, Tabellen, Fotos, Trikots – jeder Quadratzentimeter Wand ist bedeckt und im Bücherregal prunkt auf einem Podest ein Fußball voller Autogramme neben etlichen blitzblanken Pokalen.

»Was willst du?«, fragt Lukas.

»Unser Referat. – Schon vergessen?«

»Ich bin krank.«

»Eher verletzt, oder?«

»Macht das einen Unterschied?«

»Wenn du verletzt bist, müsste dein Kopf funktionieren.«

Widerwillig tritt Lukas einen Schritt zur Seite und lässt sie ins Zimmer.

Sie sieht sich um, mustert neugierig die gerahmten Fotografien an der Wand.

»Bist du das?« Sie zeigt auf einen strahlenden Rotschopf mit Bürstenhaarschnitt, Sommersprossen und Zahnlücke, der mit seinen Torwarthandschuhen einen riesigen Pokal in die Höhe stemmt.

»Hm.«

»He! Und das ist …« Sie sieht sich ein Bild nach dem anderen ganz genau an. »Schneewittchen hat Fußball gespielt?«

»Was?«

»Jennifer. Ich meine: Jennifer hat Fußball gespielt?«

»*Spielt* Fußball. – Ich dachte, du bist wegen des Referats hier.«

Sie dreht sich zu ihm um. Dass sein Gesicht knallrot ist, scheint bei dem Typen Normalzustand zu sein. »Hör zu«, sagt sie. »Ich habe bisher immer eine ziemlich gute Note in Physik gehabt. Und ich will, dass das so bleibt. Wir haben noch bis Montag Zeit für dieses Referat. Also sollten wir anfangen. Und zwar sofort. – Du gehst doch Montag wieder zur Schule?« Sie mustert ihn genauer. Das Veilchen sieht ziemlich übel aus. Auch die Nase wirkt irgendwie geschwollen. Insgesamt aber kein Grund, sich vor der Arbeit zu drücken, würde ihre Mutter sagen.

»Gegen dich hat man sowieso keine Chance, oder?« Jetzt schiebt er tatsächlich seinen Schreibtischstuhl ein wenig zur Seite. »Setz dich.«

Er verschwindet, taucht zwei Minuten später mit einem Klavierhocker wieder auf und pflanzt sich neben sie. »Ich hoffe, du hast Ahnung von diesem Spektrodings«, sagt er. »Ich verstehe nämlich bloß Bahnhof.«

»Röntgenstrahlen kann ich besser«, muss sie zugeben, »aber irgendwie kriege ich auch die Spektroskopie hin. Was mir viel mehr Sorge macht, ist die Präsentation.«

»Präsentationen kann ich«, stellt Lukas fest und ruft sofort zwei Programme auf. Während er angestrengt an ihr vorbei auf den Bildschirm starrt und mit der Maus hierhin und dorthin klickt, murmelt er.

»Tut mir übrigens leid, was ich am ersten Tag über deine ... Oberweite gesagt habe.«

»Was hast du ...?« Dann fällt es ihr wieder ein. »Glaub mir«, sagt sie und schlägt ihr Physikbuch auf, »du bist nicht der Erste, dem die aufgefallen ist.«

Freitag,
8. Mai

LENNARD

Ob Lukas okay ist?

Irgendwie hat er das Gefühl, dass sie diesmal zu weit gegangen sind. Sonst ruft er doch zumindest wegen der Hausaufgaben an. Diesmal nicht. Diesmal rührt er sich überhaupt nicht. Stellt er sich tot oder geht es ihm wirklich schlecht?

Sah ja schon ziemlich übel aus, wie er zu Boden gegangen ist, als der Ball ihn mitten ins Gesicht traf. Trotzdem ist er wieder aufgestanden! Hat zwar geblutet wie ein Schwein, wollte aber unbedingt alleine nach Hause.

Ob er einfach mal bei den Angermanns vorbeigehen sollte? Sich überzeugen, dass alles okay ist? Aber wenn er das jetzt tut, soll er sicher zum Mittagessen bleiben, und auf das alternative Zeug, das Lukas' Mutter immer auf den Tisch bringt, hat er überhaupt keinen Appetit. Besser, er wartet noch ein bisschen und holt sich in der Zwischenzeit einen Döner.

Erst als seine Finger in der Seitentasche des Rucksacks ins Leere greifen, fällt ihm auf, dass er heute Morgen seinen Schlüsselbund nicht vom Haken genommen hat.

So was Blödes!

»Willst du rein?« Der Nachbar aus dem zweiten Stock kommt gerade aus dem Haus und hält ihm die Tür auf.

Er schüttelt den Kopf. Bis seine Mutter von der Arbeit kommt, dauert es noch Stunden. Ihm bleibt wohl nichts anderes übrig, als in die Praxis zu gehen und sich ihren Schlüssel zu holen.

Wie er diesen Geruch hasst! Schon als kleines Kind ist ihm davon regelmäßig schlecht geworden. Noch schlimmer als der Geruch sind aber die Geräusche. Wie hält seine Mutter das bloß tagtäglich aus?

Wo ist sie überhaupt? Die Rezeption ist verwaist, alle Türen zu den Behandlungszimmern geschlossen. Mist! Er will hier doch so schnell wie möglich wieder raus! Vielleicht ist der Geruch ja im Wartezimmer nicht ganz so schlimm.

Als er den Raum betritt, schießen drei Köpfe gleichzeitig in die Höhe und werden sofort enttäuscht wieder gesenkt.

»Immer noch nicht«, murmelt eine alte Frau. »Eine Frechheit ist das, einen so lange warten zu lassen.«

»Sie sind doch erst seit einer Stunde da«, stellt die

junge Frau gegenüber fest. »Wir sitzen schon seit halb zwölf hier. Und dafür habe ich Lizzy extra früher aus dem Kindergarten geholt.«

»Frau Riemer und Lizzy bitte«, sagt in diesem Moment eine dunkle Stimme in seinem Rücken und er wirbelt herum.

»Was machst du denn hier?«

»Das könnte ich dich genauso gut fragen! – Sie kennen ja den Weg, Frau Riemer«, sagt Nadja lächelnd zu der jungen Mutter und dann zu ihm: »Und was kann ich wohl für dich tun?«

»Der ist noch lange nicht dran!«, fährt die alte Frau dazwischen. »Glauben Sie nur nicht, dass Sie sich einfach vordrängeln können, junger Mann!«

»Ich ... Ich habe ja gar keinen Termin ...« Was wird hier überhaupt gespielt?

»Ohne Termin geht heute schon gar nichts«, erklärt die alte Frau sehr bestimmt und Nadja lacht. »Richtig. Hier geht nichts mehr und ohne Termin gleich dreimal nicht.«

»Ich will bloß kurz zu meiner Mutter.« Er fühlt sich total albern unter ihrem spöttischen Blick. Wie ein kleiner Junge fügt er hinzu: »Ich hab meinen Schlüssel vergessen.«

»Zu deiner Mutter? Im Behandlungszimmer ist gerade ein junger Mann und Frau Gärtner hier ist unsere letzte Vormittags-Patientin.«

»Vormittag!«, schnaubt die alte Frau.

»Wieso Patientin?« Er kapiert überhaupt nichts, dafür scheint Nadja ein Licht aufzugehen, denn ihre Augen werden groß.

»Frau Müller?«, fragt sie. »Frau Müller ist deine Mutter?«

»Klar.« Und dann begreift auch er. »Die neue Zahnärztin – das ist deine Mutter?«

»Genau.«

»Ach du Sch...! – Kann ich also mal kurz zu ihr? Zu meiner, meine ich natürlich ...«

»Versuch dein Glück«, sagt Nadja trocken.

»Wie meinst du das?«

»Deine Mutter hat sich vor einer Stunde auf der Toilette eingeschlossen und weigert sich, weiter zu assistieren.«

Samstag,
9. Mai

JENNIFER

Sie will da nicht raus! Es lohnt sich gar nicht, sich umzuziehen. Und erst recht lohnt es nicht, sich auf dem Spielfeld zerlegen zu lassen. Genauso gut können sie die drei Punkte gleich abgeben und nach Hause gehen.

Was sie eben im Umkleideraum der Gegnerinnen gesehen hat, nimmt ihr jede Lust auf dieses Spiel. Lauter durchtrainierte Fünfzehnjährige. U 16 eben. Was wollen sie gegen die ausrichten? Eva und sie sind die Einzigen in dieser Mannschaft, die fünfzehn sind. Alle anderen sind dreizehn, vierzehn, Annika sogar erst zwölf!

Gerade eben könnte sie Michelle und Sabrina fast recht geben: Fußball ist Schwachsinn und Frauenfußball sowieso.

Entsetzt spürt sie, wie ihr Tränen in die Augen schießen, und rennt zur Tür.

»He! Taktikbesprechung!«, ruft Kathrin, die Trainerin, hinter ihr her, aber da ist sie schon draußen.

Im Kabinengang läuft sie ihrem Vater in die Arme. Der strahlt über das ganze Gesicht und verkündet: »Stell dir vor, Freddys Mannschaft hat 5:4 gewonnen.«

»Super.« Jetzt ist es endgültig vorbei mit ihrer Beherrschung. Sie heult einfach los.

»Jenny, was ist denn?« Ihr Vater legt ihr einen Arm um die Schultern und führt sie hinaus an die frische Luft.

»Ich will auch mal wieder gewinnen«, heult sie und fühlt sich dabei schrecklich kindisch.

»Aber du hast doch schon so oft ...«

»Ja früher. Mit den Jungs! Aber jetzt ...«

Ihr Vater zieht sie an sich und streichelt ihr den Rücken. »Ich weiß ja, unsere U 16 ist nicht ideal. Aber ich dachte immer, dir macht das Spielen trotzdem Spaß.«

Sie schnieft. »Tut es ja auch. Irgendwie.«

»Aber?«

Aber sie hat keine Lust mehr, sich dafür zu verteidigen, dass sie gern Fußball spielt. Ständig muss sie sich von Michelle und Sabrina deswegen verarschen lassen. Und wenn sie verlieren, natürlich erst recht. Sie hat so genug von all dem! Aber das kann sie ihrem Vater jetzt unmöglich alles erklären. Später vielleicht.

Noch einmal zieht sie die Nase hoch und kuschelt sich in seinen Arm. Er hält sie fest, ohne weitere Fragen zu stellen.

»Besser?«, fragt er schließlich.

Sie nickt.

»Ich glaube, wir müssen uns wieder einmal in aller Ruhe unterhalten. Kann das sein?«

Sie nickt wieder.

»Aber vorher solltest du dieses Spiel hinter dich bringen.« Er drückt ihr einen Kuss auf den Scheitel. »Vielleicht hat Kathrin ja für heute die ultimative Taktik ausgebrütet.«

Manchmal habe ich Angst, mich selbst zu verlieren.

Vielleicht ist es ja sogar schon zu spät. Vielleicht bin ich gar nicht mehr ich selbst.

Seit der Sechsten, seit Sabrina und Michelle in unsere Klasse gekommen sind, tue ich Dinge, an die ich früher nicht im Traum gedacht hätte. Das ist doch krank!

Ich spiele für mein Leben gern Fußball. Na und? Deswegen bin ich noch lange keine Lesbe! Trotzdem habe ich manchmal Angst, dass mir das niemand glauben würde, wenn ich nicht mit Lennard zusammen wäre.

Und Lucky? Der war früher mein bester Kumpel. Ein Wahnsinns-Torwart war er noch dazu, bis sie angefangen haben, ihn fertigzumachen, nur weil er ein bisschen dicker war als der Rest.

Und ich habe getan, als wäre mir das ganz egal. Bloß, damit sie mich in Ruhe lassen.

Wenn ich darüber nachdenke, ekele ich mich vor mir selbst.

LENNARD

Er hat ... Angst. Ja, Angst.

Er weiß nicht, was er tun soll. Schon drei Mal hat er versucht, seinen Vater zu erreichen, aber der geht weder ans Telefon noch ans Handy.

Fast hätte er den Notarzt gerufen, aber was sollte er dem sagen? Dass seine Mutter schon beinahe zwanzig Stunden schläft? Ist das überhaupt ein Grund, einen Arzt zu holen?

Wahrscheinlich nicht.

Aber es macht ihm Angst. Er hat so was noch nie erlebt. Schließlich steht seine Mutter sogar am Wochenende spätestens um halb acht auf. Und jetzt ist es fast Nachmittag!

Warum kann er nicht eine Familie wie Jennys haben? Einen Vater, der zuhört, eine Mutter, die einem bei den Hausaufgaben hilft, und einen kleinen Bruder, für den man der Größte ist.

Schwachsinn!

Er will ja gar nicht der Größte sein.

Er will nur einfach mal wieder er selbst sein. Bevor er vergisst, wer das überhaupt ist.

Jenny hat in einer halben Stunde ein Spiel. Bestimmt ist ihr Vater auch draußen. Mit dem könnte er vielleicht reden.

Einen Versuch ist es wert.

»Ej, Len, hast du nichts Besseres zu tun?«

Wieso muss er jetzt ausgerechnet Julian über den Weg laufen?

»Was meinst du?«

»Na hör mal. Frauenfußball! Das ist doch wie Pferderennen mit Eseln.«

»Und was machst du dann hier?«

»Titten gucken, was sonst? Die Sieben da drüben, die hat ein paar richtig geile Dinger.«

»Oh Mann, Jul, verzieh dich einfach, ja?«

»Hey, was bist du so empfindlich? Ich hab doch nichts gegen deine Alte gesagt. – Die hat ja auch gar keine Titten.« Julian lässt sein widerliches Lachen los und plötzlich hat er genug.

»Du bist ein solches Arschloch«, sagt er, »du müsstest eigentlich jeden Morgen kotzen, wenn du in den Spiegel siehst.«

NADJA

»Wenn ich's dir doch sage! Die Chaos-Helferin von meiner Mutter ist die Mutter von diesem Lennard!«

»Und die hatte einen Nervenzusammenbruch?« Ellie klingt geradezu sensationslüstern.

»So was Ähnliches. Jedenfalls hat sie sich auf dem Klo eingeschlossen und ist nicht mehr rausgekommen. Und das, wo sowieso eine Helferin krank war.

Vor lauter Verzweiflung hat Mam mich geholt, damit sich einer ums Telefon kümmert. Wenn Lennard nicht aufgetaucht wäre, hätten wir Frau Müller wahrscheinlich von der Feuerwehr befreien lassen müssen.«

»Der arme Kerl.«

»Wer?«

»Na dieser Lennard.«

»Der Typ ist ein Arsch, Ellie!«

»Vielleicht. Aber stell dir mal vor, wie peinlich das sein muss, wenn deine Mutter so durchdreht.«

»Ellie! Am Montag, als ich zur Chorprobe wollte, da hat er Lukas ...«

»Den Stripper?«

»Ja genau. Den hat er fast von der S-Bahn überfahren lassen.«

»Was?!«

»Ja. Die sind nicht durch die Unterführung gegangen, sondern über die Gleise. Und Lukas, du weißt ja, wie der gebaut ist, der kam nicht auf den Bahnsteig hoch. Statt ihm zu helfen, hat dieses Arschloch ihn noch so richtig vorgeführt. – Der Typ ist einfach nur widerlich.«

Sonntag, 10. Mai

LUKAS

Kaum ist seine Nase abgeschwollen und das blaue Auge nur noch dunkelgelb, tun seine Eltern, als sei nichts geschehen, und haben jede Menge Beschäftigungsideen für ihn.

Aber er will nicht Rasen mähen! Warum ausgerechnet er? Schließlich hat ihn keiner gefragt, ob er in einem Haus mit Garten wohnen will! Und mit den Zwergen Fußball spielen will er auch nicht. Er will überhaupt nie wieder Fußball spielen. Er will seine Ruhe haben. Einfach nur seine Ruhe!

Vielleicht sollte er ins Studio gehen. Sein Vater sah richtig zufrieden aus, als er ihm erzählt hat, dass er das Probetraining gewonnen hat.

Besser als ein Sonntagnachmittag mit der Familie ist das wahrscheinlich allemal.

Damit, dass er Nadja hier treffen könnte, hat er nicht gerechnet. Sonst hätte er nicht diese ausgebeulte Jogginghose und sein ältestes Sweatshirt angezogen.

»Hi!« Sie sieht ihn an, als fände sie seinen Aufzug ganz normal.

»Ist man vor dir eigentlich irgendwo sicher?«

Sie lacht mit strahlend weißen Zähnen. »Auf dem Fußballplatz«, sagt sie.

»Und was machst du hier?«

»Jazztanz.«

»Ach deswegen.«

»Deswegen was?«

»Deswegen tanzt ihr so gut, deine Freundin und du.«

Sie sieht ihn ein wenig ratlos an.

»Na, beim Tanz in den Mai.«

»Ach so.« Sie lacht schon wieder. »Aber du warst besser. Heißt das, ich sehe dich gleich in der Gruppe?«

»Hä?«

»Na, wo wir doch beide so gut tanzen.«

»Du veräppelst mich, oder?«

»Ein bisschen«, sagt Nadja freundlich und greift endlich nach dem Schlüssel, den die junge Frau hinter dem Tresen ihr schon eine ganze Weile geben will.

»Ich hab dir übrigens gestern noch ein paar Ergänzungen fürs Referat gemailt«, sagt sie, als sie zur Treppe geht.

»Hab ich schon längst eingearbeitet.« Wenn er jetzt bloß nicht rot wird!

»Toll. Wollen wir uns morgen etwas früher treffen und alles noch mal kurz durchsprechen?«

»Meinetwegen. Um halb acht in der Aula?«

»Das klingt gut. – Bis morgen dann.« Nadja winkt ihm zu und verschwindet die Treppe hinauf zu den Umkleidekabinen.

Montag,
11. Mai

LUKAS

Seine Präsentation ist gar nicht schlecht geworden, obwohl er eigentlich immer noch nichts von Spektroskopie und Röntgenstrahlen versteht.

Nadja lacht, als er ihr den kugelköpfigen Comic-Professor vorführt, der die wichtigen Punkte immer noch einmal in einer Sprechblase zusammenfasst.

»He, der ist super!«

Der Professor verbeugt sich, zieht an einer Schnur und das Wort »Ende« erscheint auf dem Bildschirm.

»Das wird bestimmt richtig gut«, sagt Nadja.

Wenn er das nur auch glauben könnte! Ihm wird abwechselnd heiß und kalt beim Gedanken daran, sich gleich vor die ganze Klasse zu stellen.

»Ist alles in Ordnung mit dir?« Nadja sieht ihn prüfend an. »Du bist auf einmal total käsig.«

»Lampenfieber«, murmelt er und erntet dafür ein mitfühlendes Lächeln.

»Das kenne ich.«

»Du?«

»Klar. Jedes Mal, wenn unser Chor auftritt. Jeden Morgen, wenn ich zur Schule gehe ...«

»Wieso, wenn du zur Schule gehst?«

»Na hör mal! Gerade du müsstest das doch verstehen!«

»Wieso?«

»Na, dich verarschen sie doch die ganze Zeit!«

»Ach das! Das meinen sie nicht so.«

»Bist du da wirklich sicher? Du machst dich doch total zum Affen für diese Idioten!«

Seine Achselhöhlen werden feucht und wahrscheinlich leuchten seine Ohren schon wieder wie Signalfeuer.

»Äh ... Wir sollten runtergehen«, stottert er und deutet zur Uhr über dem Eingang. »Es ist besser, der Laptop läuft, wenn die Thiel kommt.«

Obwohl er nicht gefrühstückt hat, hebt und senkt sich sein Magen wie bei schwerem Seegang, als er sich neben dem Pult aufstellt.

Nadja wirkt einigermaßen ruhig, sogar als Sabrina halblaut, aber im ganzen Klassenzimmer vernehmbar, sagt: »Wenn das mal nicht ein schwer beeindruckendes Bild ist.«

Die Thiel sieht sie strafend an, dann rückt sie ihren Stuhl zur Seite, sodass sie Nadja und ihn, aber auch die Klasse im Blick hat, und nickt aufmunternd.

Nadja öffnet den Mund und gibt einen krächzenden Laut von sich.

Die Klasse kichert.

Nadja räuspert sich und setzt noch einmal an. Ihre Stimme zittert ein wenig. Allerdings wird sie mit jedem Satz sicherer, was man von ihm nicht behaupten kann. Als sein Stichwort fällt, verhaspelt er sich prompt ganz fürchterlich. Hilfe suchend wandert sein Blick durch die Klasse, bis er an Jenny hängen bleibt. Die lächelt vorsichtig und nickt ihm zu.

Sie nickt ihm zu!

Das setzt sein Sprachzentrum endgültig außer Gefecht.

Nadja springt ein, erläutert die nächsten Punkte, während er nur hektisch die entsprechenden Seiten der Präsentation aufruft. Die Minuten dehnen sich zu Ewigkeiten, aber schließlich haben sie es geschafft. Der Professor zieht an der Schnur und auf der weißen Wand erscheint das Wort »Ende«.

Die Klasse ist ruhig. Viel zu ruhig. Kein Rascheln. Kein Stühlerücken. Gar nichts.

»Nicht schlecht«, sagt die Thiel schließlich und erhebt sich. »Noch Fragen?«

»Hätte ich bestimmt«, sagt Sabrina, »aber die Schwitzflecken auf Fatsos Shirt haben mich so abgelenkt, dass ich gar nicht mehr richtig zuhören konnte.«

Scheiße! Jetzt glühen seine Ohren natürlich schon wieder!

»Sabrina, wenn du nichts zum Unterricht beizutragen hast, halt den Mund«, sagt die Thiel scharf. »Also: noch Fragen?«

Julian hebt die Hand. »Kann ich auf die Toilette?«

»Es ist 8.23 Uhr! Jemand in deinem Alter sollte seine Blasenfunktion doch wohl eineinhalb Stunden unter Kontrolle haben.«

»Auf Ihre Verantwortung«, sagt Julian und da lässt ihn die Thiel doch gehen. »Mehr fällt euch also zu Spektroskopie und Röntgenstrahlung nicht ein?«, fragt sie noch einmal.

»Was mich viel mehr interessieren würde«, sagt Dominik, »ist die Formel für Druck, und wie lange ein Boden wie dieser einen Druck wie den dort vorn wohl aushält.«

Michelle kichert und Sabrina dreht sich zu Julian um und reckt einen Daumen in die Höhe.

»Leute, ich verstehe das nicht«, sagt die Thiel. »Ihr wart doch mal eine richtig nette Klasse ...«

»Ja«, sagt Sabrina, »bevor wir überrollt worden sind.«

»Wir sind einfach zu beeindruckt von dieser Präsentation«, ergänzt Dominik.

»Tut mir leid, ihr zwei.« Noch nie hat er die Thiel ratlos erlebt, doch heute ist es so weit. »Ihr könnt euch setzen.« Sie blickt die Klasse durchdringend an. »Ihr anderen solltet euch auf jeden Fall noch einmal gründlich mit dem Thema beschäftigen. – Wir verstehen uns, ja?«

»Na super«, sagt Sabrina. »Jetzt krieg ich wegen Fatsos Schwitzflecken 'ne schlechte Note in Physik.«

Mit weichen Knien geht er zu seinem Platz, den Blick fest auf den Boden gerichtet. Erst als er sich setzen will, sieht er hoch – und Jenny direkt in die Augen. Ihre Wangen färben sich zart rosa und dann beginnt sie, mit den Fingerknöcheln auf den Tisch zu klopfen.

Dominik dreht sich nach ihr um und mustert sie entgeistert, doch Jenny ignoriert ihn und klopft weiter.

Lennards Stuhl landet mit einem Knall auf allen vieren und dann klopft auch er. Erst zögernd, schließlich energischer machen noch ein paar andere mit, bis das Ganze fast nach echtem Beifall klingt.

Als Nadja nach hinten geht, blinzelt sie ihm zu. Er sieht ihr nach und dabei trifft er wieder auf Jennys Blick. So wie früher, wenn er einen besonders gefährlichen Schuss gehalten hat, ballt sie kurz die Faust und reckt sie in die Höhe.

»Die sind krank, Mam«, sagt sie. »Richtig krank.«

»Aber doch nicht alle«, widerspricht ihre Mutter. »Du hast gesagt, diese Jennifer hätte nicht mitgemacht und Lennard nicht und ...«

»Okay, dann fast alle! Mam, die haben Lukas so fertig gemacht, dass er aussah, als wäre er ins Wasser gefallen. Den hättest du ausdrücken können, so durchgeschwitzt war der. Und dann sagt diese Sabrina ...« Beim Gedanken an Sabrina wird sie noch immer so wütend, dass ihr fast die Luft wegbleibt. »Würdest du mich ... Ich meine, könnte ich nicht ...«

Ihre Mutter sieht sie mit diesem speziellen Lächeln an, das sich nicht entscheiden kann, ob es spöttisch oder liebevoll ist. »Ich muss um zwei wieder in der Praxis sein und du in der Schule.« Sie räumt die Teller in den Geschirrspüler. »Also sag, was du sagen willst.«

»Meldest du mich hier ab und in der Stadt wieder an?« Bis eben war sie nicht sicher, ob sie das tatsächlich will, aber es fühlt sich gut an.

»Willst du das wirklich?«

»Warum nicht? Pa sagt immer, wenn man einen Fehler gemacht hat, dann soll man dazu stehen – und ihn korrigieren!«

Obwohl es schon beinahe Viertel vor zwei ist, setzt

ihre Mutter sich jetzt wieder an den Küchentisch und deutet auf den zweiten Stuhl.

»Natürlich hat dein Vater völlig recht, wenn er sagt, dass man Fehler zugeben soll. Aber man muss auch zu seinen Entscheidungen stehen, finde ich, und die Konsequenzen tragen. Es war deine eigene, freie Entscheidung, die Schule zu wechseln.«

»Aber Mam ...«

»Es gibt Menschen, die müssen sogar die Konsequenzen von Entscheidungen tragen, die sie gar nicht selbst getroffen haben.«

»Was meinst du damit?«

»Ich denke gerade an Lennards Mutter.«

»Was habe ich denn bitte mit Lennards Mutter zu tun?«

»So direkt gar nichts. Aber die macht auch gerade eine harte Zeit durch, und zwar ohne dass sie es sich selbst ausgesucht hätte.«

»Aber ...«

»Frau Müller musste von heute auf morgen Geld verdienen, als ihr Mann sich hat scheiden lassen. Und kaum hat sie sich einigermaßen eingearbeitet, kommt eine Schreckschraube wie ich und übernimmt die Praxis. Ich glaube, die arme Frau hat richtig Angst vor mir.« Ihre Mutter lächelt ein wenig schuldbewusst. »Dass sie assistieren sollte, obwohl sie seit Jahren aus der Übung ist, hat ihr dann den Rest gegeben.«

»Ich verstehe wirklich nicht, was du mir damit sagen willst!«

»Das weiß ich wohl selbst nicht so genau«, gibt ihre Mutter zu. »Ich finde nur, du solltest jetzt nicht voreilig die Segel streichen. Du bist so ein mutiges Mädchen – ich glaube, du wirst mit denen fertig.«

»Und wenn nicht?«

»Dann musst du natürlich nicht auf dieser Schule bleiben.« Ihre Mutter, steht auf und schaltet die Spülmaschine ein. »Also überleg es dir. Aber erst einmal wünsche ich dir viel Spaß im Chor heute Abend. Grüß Ellie von mir, ja?«

Donnerstag,
14. Mai

LENNARD

Seit drei Tagen regnet es ununterbrochen. Wenn er nicht langsam das Gefühl hätte verrückt zu werden, weil er nicht rauskommt, wäre das gar nicht so schlecht. Schließlich kann er so tun, als sei es völlig normal, dass er jeden Morgen direkt ins Klassenzimmer geht, ohne Zwischenstopp bei den Fahrradständern. Er kann ignorieren, dass Julian ihn ignoriert und Dominik unschlüssig an ihm vorbeisieht. Und er kann tun, als merkte er nicht, dass ein Funken genügen würde, um die Stimmung in der Klasse explodieren zu lassen.

Das einzig Gute ist, dass er sich keine Sorgen mehr um seine Mutter machen muss. Im Moment jedenfalls nicht. Zwar geht sie spätestens um neun ins Bett, aber seit sie mit ihrer Chefin geredet hat, wirkt sie nicht mehr so, als würde sie jeden Moment zusammenbrechen. Allerdings sieht sie auch nicht aus, als könnte er ihr mit irgendwelchen Problemen kommen. Zum Beispiel mit der Tatsache, dass seine Chancen versetzt zu werden, von Tag zu Tag schrumpfen.

Darüber kann er offenbar mit niemandem sprechen. Sein Vater hat ihm beim letzten Telefonat in aller Ausführlichkeit berichtet, dass die Kleine sich jetzt auf den Rücken rollen kann, und dann das Gespräch beendet, weil sie anfing zu quäken.

Nicht mal mit Jenny kann er richtig reden. Die wirkt ständig, als sei sie ganz woanders.

Eigentlich wartet er jeden Tag darauf, dass seine Welt auseinanderbricht.

Er hat ein Kribbeln im ganzen Körper, das ihn schier wahnsinnig macht. Wenn er jetzt ins Studio gehen könnte und Gewichte pumpen bis zum Umfallen, würde das vielleicht helfen. Aber das haben sie ihm ja gestrichen. Und sogar der Fußballplatz entfällt bei diesem Wetter.

Er sieht vom Bildschirm auf und zum Fenster.

Es regnet nicht mehr.

Es regnet nicht mehr!

Lukas ist online. Gut.

Kommst du mit in den Grund? Bolzen?

Es regnet.

Nicht mehr! Warum lässt der sich in letzter Zeit bloß immer so bitten? Hat er doch früher nicht getan!

Aber nass ist es.

Stell dich nicht so an!

Außerdem wird es bald dunkel.

Da unten gibt's Licht. Schon vergessen?

Ich bin in einer Viertelstunde bei dir!

Er fährt den Rechner runter, bevor Lukas noch mehr Ausreden einfallen, schlüpft in die Turnschuhe, stopft Fußballschuhe und Ball in seinen Rucksack und ist zwei Minuten später unten auf der Straße.

Sofort fühlt er sich besser.

LUKAS

Warum macht er das eigentlich immer wieder mit? Wenn Lennard gleich klingelt, sollte er ihm sagen, dass er nicht mitgeht. Schluss. Aus. Fertig.

Stattdessen greift er schon nach seiner Regenjacke, sucht den zweiten Fußballschuh unter dem Bett, zieht wie ferngesteuert seine Turnschuhe an und ruft seiner Mutter zu: »Ich geh ein bisschen raus!«

»Es wird doch gleich dunkel!«, kommt es prompt zurück, aber da ist die Tür schon hinter ihm ins Schloss gefallen.

Lennard joggt gerade um die Ecke, grinst ihn an und reduziert nur leicht das Tempo.

Nee, wirklich! Lange macht er diese Scheiße nicht mehr mit! Sollen sie sich doch einen anderen suchen, den sie verarschen können!

Bis sie unten am Sportplatz sind, ist er mal wieder völlig durchgeschwitzt. Wie nicht anders zu erwarten, sind Julian und Dominik auch da.

»Sieh mal an. Die Spielerfrau und der Schlauberger«, sagt Julian.

»Hä?« Dominik kapiert den Witz offenbar genauso wenig wie Lukas.

»Bist du schwer von Begriff!« Julian verdreht die Augen. »Wer steht sich bei jedem Fußballspiel die Beine in den Bauch und feuert die Mannschaft an? - Na?«

»Spielerfrauen!«, grölt Dominik.

»Wenn du wüsstest, wie öde du bist, Jul«, sagt Lennard.

»Mensch, das hätte ich jetzt fast vergessen. Gut, dass du mich dran erinnerst, dass du deine alten Freunde zum Kotzen findest.«

»Was soll der Scheiß, Jul?«, fragt Lennard genervt. »Wir wollen einfach ein bisschen bolzen.«

»Ich zitiere nur«, sagt Julian. »So wie unser Professor hier am Montag. ›Ich zitiere dies. Ich zitiere das.‹ Alles, nur kein eigener Gedanke im Hirn, was Fatso?«

Er schluckt trocken. Warum ist er bloß mitgegangen? Er könnte jetzt mit den Zwergen »Mensch ärgere dich nicht« spielen oder »Fang den Hut«. Er könnte sogar was für die Schule tun. Wieso steht er hier in der einbrechenden Dunkelheit und lässt sich wieder mal zur Sau machen?

»Hör schon auf, Jul«, sagt Lennard da. »Ein eigener Gedanke würde in *deinem* Kopf einsam verrecken.«

Dominik lacht auf, doch ein Blick von Julian bringt ihn zum Schweigen.

»Weißt du was, Len? Wenn ich 'ne total bekloppte Mutter hätte, würde ich nicht so eine große Klappe riskieren.«

»Sprichst du von meiner Mutter?«

»Stell dir vor.«

»Was soll das?«

»Sag's ihm, Domi.«

»Jetzt hör doch auf, Jul.« Dominik fühlt sich sichtlich unwohl in seiner Haut.

»Quatsch! Unser Len verträgt das schon. Richtig, Kumpel?«

»Spuck endlich aus, was du loswerden willst«, sagt Lennard.

»Deine Mutter ist total durchgeknallt«, feixt Julian.

»Wie kommst du darauf?«

»Jetzt sag's ihm schon, Domi!«

»Meine Oma ...«

»Domis Oma war Freitag beim Zahnarzt. Und da hat sie live miterlebt, wie deine Mutter durchgedreht ist. Völlig gaga.« Julian fährt sich mit der Hand vor dem Gesicht hin und her.

»Weißt du was, du Arschloch?«, sagt Lennard. »Selbst durchgedreht wäre meine Mutter noch klarer im Kopf als du. – Komm Lukas, oder willst du dir diesen Scheiß noch länger anhören?«

Will er nicht. Aber irgendwie kann er sich auch nicht bewegen. Steht da wie versteinert und sieht hilflos von einem zum anderen, macht den Mund auf, ohne dass ein Ton herauskommt.

»Oh, oh«, sagt Julian, »unserem Fatso gehen die Zitate aus. Komm, Domi. Lass die beiden Süßen.« Julian kickt den Ball zurück auf den Platz und trabt los, ohne sie noch eines Blickes zu würdigen.

Plötzlich kann er sich wieder bewegen, kann sich umdrehen, um zu gehen, und sieht gerade noch, wie Lennard durch das Eingangstor verschwindet. Zögernd folgt er ihm, da öffnet der Himmel plötzlich wieder sämtliche Schleusen.

Was für ein beschissener Tag!

Er fängt an zu traben, sieht, als er in die Hauptstraße einbiegt, Lennard weit vor sich. Offenbar will der den kurzen Weg über die S-Bahn-Haltestelle nach Hause nehmen.

LENNARD

Das war's also. Eigentlich gar kein schlechtes Gefühl, endlich für klare Verhältnisse gesorgt zu haben.

Aber wo bleibt Lukas? Dass der immer so trödeln muss! Zwei-, dreihundert Meter Rückstand hat er schon wieder! Er will jetzt echt nicht warten, will eigentlich nur seine Ruhe haben. Außerdem fängt es wieder an zu regnen. Nein, es schüttet. Wie eine Wand fällt der Regen.

An der S-Bahn-Haltestelle ist es viel dunkler als sonst. Erst oben auf dem Bahnsteig begreift er, dass einige Lampen ausgefallen sind. Wie immer wirft er einen kurzen Blick nach rechts und links. Die Lichter der S-Bahnen sind bereits zu sehen, aber das schafft er leicht. Er springt hinunter ins Gleisbett. Macht drei Schritte und rutscht auf irgendetwas aus. Stolpert. Fällt. Seine Hände schießen nach vorn. Schotter zerkratzt seine Haut.

Bremsen kreischen.

Ein stechender Schmerz zuckt durch seinen Körper.

Dann wird es still.

LUKAS

Eben setzen sich die S-Bahnen wieder in Bewegung. Die wenigen Fahrgäste, die ausgestiegen sind, haben es eilig nach Hause zu kommen, drängen sich an ihm vorbei.

»Hey, was machst du denn bei diesem Wetter draußen?« Nadja steht unter dem Vordach der Unterführung und steckt eben ihr Handy ein.

Besser nicht dran denken, wie er aussieht in seinen durchgeweichten Klamotten, die nassen Haare ins Gesicht geklatscht.

»Wir waren bolzen ...«

Sie sieht ihn an, als hätte sie ihn nicht verstanden. Ist auch egal. Er will nur nach Hause.

Nadja offenbar auch, denn sie sagt:

»Bis morgen also«, und wendet sich zum Gehen.

In diesem Moment ertönt irgendwo ganz in der Nähe ein gespenstisches Geräusch.

Auch Nadja scheint es gehört zu haben, denn sie bleibt stehen, dreht sich langsam um und sieht ihn mit weit aufgerissenen Augen an.

Er spürt, wie sich die Härchen an seinen Unterarmen aufrichten.

Sicher hat er sich das eingebildet. Kein Wunder. Schließlich prasselt der Regen auf das Dach der Unterführung wie Maschinengewehrfeuer und übertönt alles andere.

Er sollte jetzt zusehen, dass er nach Hause kommt. Seine Mutter macht sich wahrscheinlich schon Sorgen.

Da! Da ist es wieder.

Er geht einen Schritt die Rampe hinauf. Lauscht. Geht etwas weiter.

Jetzt hört er es genau. Vom Gleisbett dringt ein Stöhnen herauf.

Und dann ein Schluchzen ...

NADJA

Den ganzen Tag hat sie sich darauf gefreut, mit Ellie ins Kino zu gehen. Muss es da gerade in dem Moment wieder anfangen zu regnen, als sie zur S-Bahn will? Regen wäre ja noch zu verkraften, aber das hier hat etwas Sintflutartiges. Noch ehe sie am Bahnhof ankommt, sind ihre Schuhe völlig durchgeweicht.

Super!

Als sie gerade in der Unterführung ist, klingelt ihr Handy.

»Nadja, liebe, Nadja ...«

»Ellie! Bitte, bitte sag, dass du nicht ins Kino willst!« Sie geht vorsichtshalber weiter. Kann ja sein, dass Ellie nicht so wasserscheu ist wie sie. Und die S-Bahn muss jeden Moment kommen.

»Das Wetter ist so eklig ...«, jammert Ellie.

»Ich bin jetzt schon total nass ...« Die Treppen hinauf.

»Und du wärst mir nicht böse?«

»Kein bisschen. – Wir holen das am Wochenende nach, ja?«

»Okay.« Ellie klingt mindestens so erleichtert, wie sie sich fühlt.

Gerade ist die S-Bahn eingefahren.

»Und, was machst du dann mit deinem Abend?«, fragt Ellie.

»Meine Füße in einem schönen warmen Schaumbad auftauen.« Die Türen der Bahn schließen sich unter lautem Piepen. »Wir telefonieren morgen noch mal, ja?«

»Ist gut. Tschau, Nadja.«

Sie steckt gerade ihr Handy ein, als eine mittlerweile wohlbekannte Gestalt auf sie zukommt.

»Hey, was machst du denn bei diesem Mistwetter draußen?«

Der Regen prasselt so laut auf das Dach der Unterführung, dass sie seine Antwort nicht versteht. Egal! Sie winkt ihm zu und will wieder zurück, doch dann stutzt sie. Die Geräusche der abfahrenden S-Bahn, das Klappern von Absätzen auf nassem Asphalt sind verklungen, aber irgendwas war da noch.

Auch Lukas muss es gehört haben, denn er macht einen Schritt zurück zur Rampe. Zögert. Lauscht. Macht noch einen Schritt, rennt plötzlich los wie ein Verrückter, die Rampe wieder hinauf. Oben bleibt er stehen, sieht sich kurz um und springt vom Bahnsteig.

Das war's dann wohl mit dem Schaumbad.

LENNARD

Finger tasten über sein Gesicht. Feuchte Finger. Klebrige Finger.

»Alles okay?«, fragt eine Stimme und eine andere antwortet: »Keine Ahnung. Ich glaube, er blutet.«

»Atmet er?«

»Weiß nicht ...«

»Lass mich mal.«

Wieder Finger in seinem Gesicht. Auf seinem Mund.

»Ja. Er atmet. – He, Lennard, hörst du uns?«

Er stöhnt.

»Ich glaube, er hört uns.«

Scheiße, tut das weh! Nicht mal reden kann er!

»Was sollen wir machen? Wir müssen ihn irgendwie hier wegkriegen.«

»Wann kommt der nächste Zug?«

»In sechzehn Minuten.«

»Mist! Lennard! He, Lennard! Kannst du vielleicht mal die Augen aufmachen?«

Er blinzelt, schafft es tatsächlich, die Augen zu öffnen, sieht in zwei weiße, erschrockene Gesichter. Was macht Nadja hier?

»Kannst du reden?«, fragt sie.

»Weiß nicht ...«

»Hast du Schmerzen?«

Was für eine selten blöde Frage!

»Wo?«

Er deutet schwach dorthin, wo er seine Beine ver-
mutet, hört, wie Nadja sich bewegt und dann scharf
die Luft einzieht. Lukas macht ein Geräusch, als würde er sich gleich übergeben.

Ihm wird plötzlich ganz leicht im Kopf. Aus weiter Ferne hört er Nadja sagen: »Einen Krankenwagen.
Zur S-Bahn-Haltestelle ...«

Dann wird es hell und der Schmerz ist weg.

Sonntag,
17. Mai

JENNIFER

Sie atmet tief durch. Gestern ist sie fast umgekippt und der alte Mann, der mit Lennard im Zimmer liegt, hat meckernd gelacht und konnte gar nicht mehr aufhören. Das passiert ihr heute nicht noch einmal! Sie darf eben einfach nicht hinsehen ...

»Geh nur hinein«, sagt eine Schwester, die eben den Gang entlanghastet. »Seine Mutter war heute Vormittag schon da. Er freut sich bestimmt, wenn er noch einmal Besuch bekommt.«

Aber noch mehr würde er sich wohl über Besuch freuen, der sich nicht jedes Mal fast übergeben muss.

Quatsch! Sie atmet einfach ganz flach und sieht nicht hin.

Leise öffnet sie die Tür, macht einen zaghaften Schritt ins Zimmer. Das vordere Bett ist leer. Gut! Kann der Alte sie schon mal nicht auslachen.

Leise geht sie zu dem Bett am Fenster. Lennards Gesicht ist beinahe so weiß wie das Kissen, aber die schwarzen Augenringe, die er gestern noch hatte, sind fast verschwunden.

Sie setzt sich auf die Bettkante, streichelt ganz zart über Lennards Wange. Unwillig bewegt er den Kopf, doch als er die Augen aufschlägt und sie sieht, strahlt er.

»Ich habe gerade von dir geträumt.«

Er versucht, ein Stück zur Seite zu rutschen, doch sein hochgelagerter Unterschenkel erlaubt das nicht so recht.

Wie gestern wird ihr Blick geradezu magisch von der offenen Schiene, in der Lennards Bein liegt, angezogen.

»Nicht!«, sagt er, grinst und legt ihr eine Hand über die Augen.

Sie versucht zu lachen, versucht das beklemmende Gefühl abzuschütteln, das ihr durch und durch geht. Nur gut, dass sie nicht gesehen hat, was Lucky gesehen hat.

»Der Knochen stand richtig raus«, hat er ihr Donnerstagnacht am Telefon erzählt. »Und das Bein hat so einen ganz komischen Knick gemacht ...«

Jetzt ragt kein Knochen mehr aus der Wunde, aber dafür Schläuche, durch die das Wundsekret abfließen soll.

»Mensch, Jenny«, lacht Lennard, »guck nicht so. Das Bein könnte ab sein.«

Genau das ist es, woran sie am allerwenigsten denken will!

Jetzt schafft Lennard es doch, ein wenig zur Seite zu rutschen und klopft auf die Bettdecke.

»Meinst du wirklich?« Irgendwie traut sie sich nicht. Schließlich ist das hier doch ... na ja – fast öffentlich.

»Mein Nachbar ist heute entlassen worden. Und die Schwestern sind total im Stress. Wir sind ganz ungestört.«

Immer noch zögernd streift sie die Schuhe von den Füßen und legt sich zu ihm. Er riecht fremd. Nach Arzt und Desinfektionsmitteln und wer weiß was noch allem. Aber als er sie jetzt enger an sich zieht, da ist plötzlich doch alles ganz vertraut.

Sie kuschelt sich enger an Lennard und haucht ihm einen Kuss auf die Wange, als eine etwas heisere Stimme sagt: »Das ist ja Erregung öffentlichen Ärgernisses, was ihr da macht!«

NADJA

Sie hat lange überlegt, ob sie Lennard besuchen soll oder nicht, aber dann hat Lukas angerufen und gesagt, er würde heute gehen, und ob sie Lust hätte mitzukommen. Hat sie nicht wirklich, aber so ist ihr zumindest die Entscheidung leichter gefallen.

Die Busverbindung ist gut, und sie trifft gerade in dem Moment am Krankenhaus ein, als Lukas sein Fahrrad abstellt.

Gemeinsam fragen sie sich durch bis zur Orthopädie, wo Lennard liegt.

Ihr Klopfen an der Tür des Krankenzimmers fällt wohl etwas zu leise aus, denn Jennifer schießt erschrocken in die Höhe, als sie den Raum betreten. Wenn Lukas nicht so dicht hinter ihr ginge, dass sie nicht umkehren kann, würde sie sich jetzt entschuldigen und wieder verschwinden, denn Lennard und Jenny sehen aus, als bräuchten sie Besuch so dringend wie eine Wurzelbehandlung.

Sie versucht, die Peinlichkeit zu überspielen, indem sie sagt: »He, das ist ja Erregung öffentlichen Ärgernisses, was ihr da macht!«

Jennifer sieht aus, als würde sie sich am liebsten in Luft auflösen. Sie schlüpft in ihre Schuhe und lässt die Haare wie einen Vorhang vors Gesicht fallen.

»Und, wie geht's, Alter?«, fragt Lukas völlig unbeeindruckt.

»Weiß noch nicht. Morgen früh kommen die Schläuche raus ...«

Jenny scheint schon der Gedanke daran körperliche Schmerzen zu verursachen, aber das merkt Lennard offenbar nicht.

»... und wenn alles einigermaßen heilt, komme ich vielleicht in zwei Wochen nach Hause«, fährt er fort.

»Du hast es gut. Bis nach Pfingsten keine Schule mehr!«, sagt Lukas neidisch.

»Gut? Du hast doch keine Ahnung!«

»Wie meinst du das?«

»Ich komme doch so schon kaum mit. Wenn ich jetzt auch noch zwei Wochen verpasse, kann ich gleich ganz aufhören.«

»Das kommt überhaupt nicht in Frage«, mischt sie sich jetzt ein.

Lennard will sich aufsetzen, aber die Schiene, in der sein Bein liegt, hindert ihn daran.

»Warte.« Mit zwei Griffen stellt sie das Kopfteil des Bettes höher, dann lehnt sie sich neben Lukas an die Fensterbank.

»Wie war das jetzt gerade mit aufhören?«, erkundigt sie sich.

»Ich hab gesagt, dass ich sowieso nicht mehr mitkomme, wenn ich jetzt noch zwei Wochen verpasse.«

»Quatsch!«, sagt Lukas. »Dir fliegt doch alles zu.«

Lennard lacht bitter. »Das glaubt ihr.«

»Aber du warst es doch, der immer gesagt hat, Lernen wäre uncool. Du hast doch einfach alles ... gekonnt.«

Sie mustert Lennard spöttisch. »The Great Pretender? Ja?«

»Du hast es gerade nötig«, sagt er. »Du tust doch auch nur so cool und hast in Wirklichkeit die Hosen voll.«

Merkt man ihr das so deutlich an?

»Wovon redet ihr beiden eigentlich?«, will Jennifer in diesem Moment wissen.

»Soll ich dir wirklich die Geschichte von Klein-Lennard erzählen, der versucht hat, seinen Vater zu halten, indem er von der Realschule aufs Gymnasium gewechselt hat?«

Das klingt leicht dahingesagt, aber Lennards Augen sind plötzlich ganz dunkel und sie fühlt sich hier langsam aber sicher völlig fehl am Platz.

Gut, dass die Schwester hereinkommt und verkündet: »Zeit die Beutel zu wechseln! Wenn der Patient nichts dagegen hat, könnt ihr ruhig bleiben.«

»Nein, danke«, sagt Jenny und wird ganz grün im Gesicht.

Auch Lukas verfärbt sich.

»Wir kommen morgen wieder«, sagt sie und dann, an Lennard gewandt: »Ich bringe dir die Hausaufgaben. Und was du nicht kapierst, erkläre ich dir so oft, bis du es begreifst. Glaub bloß nicht, du könntest einfach abhauen. Ich muss schließlich auch in dieser Klasse von Hohlköpfen bleiben.«

»Danke!«, sagen Jennifer und Lukas wie aus einem Mund.

»Nichts für ungut.« Sie blinzelt Lennard zu und

geht, denn die Schwester tippt schon ungeduldig mit dem Fuß. Wahrscheinlich fällt Jennifers Abschiedskuss nicht zuletzt deswegen sehr flüchtig aus.

LUKAS

Draußen vor dem Eingang bleiben sie unschlüssig stehen, bis Nadja sagt: »Mein Bus kommt gleich. – Wir sehen uns dann also morgen«, und auf ihren hohen Absätzen davonstolziert.

Plötzlich weiß er nicht mehr wohin mit seinen Händen und tritt von einem Fuß auf den anderen. Es muss schon Jahre her sein, dass er mit Jenny mal alleine war.

»Und ...? Was machst du jetzt?«, fragt sie

Er zuckt mit den Schultern. »Vielleicht zocke ich 'ne Runde. Obwohl die letzten Spiele besch... bescheiden waren.«

»Ich bin ziemlich zufrieden mit dem Verlauf meiner Saison«, sagt Jenny. Sie grinst so spitzbübisch wie früher, wenn sie einen Gegenspieler ausgetrickst und den Ball dann versenkt hatte, und plötzlich weiß er, wie es sich anfühlen muss, eine Erleuchtung zu haben.

»Du bist *MaraDonna*.« Das ist keine Frage, das ist eine Feststellung.

Jenny sieht ihn mit riesigen Augen an. »Du ... Du bist ... der *Predator*?«

Er nickt.

»Ich wusste doch, dass mir deine Ausdrucksweise bekannt vorkommt!«, sagt sie. »Aber irgendwie hab ich immer auf Len getippt. – Obwohl das zeitlich eigentlich nie hinkam.«

»Ich auch«, gibt er zu.

In diesem Moment fährt Jennifers Mutter schwungvoll auf den Parkplatz und hupt.

»Willst du mitfahren?«, fragt Jenny.

»Nee«, sagt er. »Bin mit dem Rad da.«

»Also dann ...«

»See you, *MaraDonna*!«

»See you later, *Predator*.«

Sie steigt ins Auto und schnallt sich an, dann lässt sie die Scheibe herunter. »In einer halben Stunde?«, fragt sie.

»Gib mir vierzig Minuten«, sagt er. »Ich bin momentan nicht unbedingt in Topform.«

© Susanne Weigert

Christine Biernath

Christine Biernath, geboren 1961 in Weil-
heim/Teck. Sie arbeitete zunächst als Fremd-
sprachenkorrespondentin und widmete sich
nach ihrer Heirat und der Geburt ihres Sohnes
immer mehr dem Schreiben. Ihr besonderes
Interesse und ihre Stärke liegen in der genauen
Recherche und der spannenden Umsetzung
gesellschaftlich brisanter Themen.